Lola
FRADYNN

RETROUVAILLES, TROMPERIES ET PIECE MONTEE

© 2013, Lola Fradynn
Edition : BoD - Books on Demand
12/14 rond-point des Champs Elysées, 75008 Paris
Imprimé par Books on Demand GmbH, Norderstedt, Allemagne
ISBN : 9782322033799
Dépôt légal : Septembre 2013

A la petite fée fagot,
Pour qui j'ai donné vie à cette suite.

1

Alan
Vendredi 28 Décembre 2012 - 08h45

- Épousez-moi, Alexandra Dermot. Alexandra se tourna vers moi et s'étira. Me voyant avec le plateau du petit déjeuner dans les mains, elle tapota son oreiller et s'appuya sur son bras pour mieux me regarder.
- À quoi tu joues ? dit-elle en baillant.
-Figures-toi que je me suis souvenu de quelque chose ce matin. Tu m'avais dit il y a longtemps que tu n'épouserais pas un homme qui ne t'as jamais apporté le petit déjeuner au lit. J'ai donc voulu réparer cette injustice en t'en préparant un.
- Moi, j'ai dit ça ? fit-elle étonnée. Quand ?
- Il y a presque quatre ans ! Juste après ma première demande en mariage. Celle que j'ai faite parceque je voulais t'empêcher de démissionner de KM Architecture.
Elle se redressa dans le lit, lissa la couette et croisa les bras.
- Et c'est à peine maintenant que j'ai droit à cet honneur ? Pas étonnant qu'on ne soit toujours pas mariés !

- Justement, aujourd'hui, je me rattrape !
J'installai le plateau sur le lit et admirai mon œuvre. Mon idée m'avait semblé bonne au début, mais j'avais omis un détail : nous étions chez ma mère pour les fêtes, et je n'avais pas réussi à me faufiler assez longtemps dans la cuisine pour préparer un petit déjeuner convenable. Ma famille au complet dormait encore, mais je savais pertinemment que ma mère s'activait déjà en bas pour préparer la journée, et elle ne nous aurait jamais laissé prendre notre petit déjeuner en tête à tête dans notre chambre. Mon butin était donc loin d'être glorieux : j'avais réussi à faire griller deux tranches de pain de mie trouvées au fond d'un placard, sur lesquelles j'avais étalé une confiture dont j'ignorais totalement le goût. J'avais mis un fond de jus de fruit dans un immense verre, le seul que j'étais arrivé à prendre en vitesse, à défaut de parvenir à ramener du café. La touche finale du plateau était une rose, que j'avais trouvé dans le salon, mais je n'avais pas remarqué qu'elle était à moitié fanée.
- C'est un… bel effort, je dois dire, lança finalement Alexandra, amusée.
Elle avisa le plateau et entreprit de mordre dans une des tranches de pain. Vu la mine qu'elle fit, la confiture ne devait pas être à son goût.
- Je t'aime, tu le sais, hein, dit-elle en grimaçant, mais je crois que je vais me passer de ce petit déjeuner et attendre que ta mère nous serve le vrai… Tu ne m'en veux pas ?
- A vrai dire, je crois que j'aurais fait pareil !
Je saisis le plateau et le posai sur le bureau de la chambre. Alexandra sauta du lit, et commença à inspecter sa valise, à la recherche de ce qu'elle allait mettre. Je mis mes bras autour de sa taille et l'embrassai dans le cou.
- Avant qu'on descende, j'aimerais quand même avoir ma

réponse ! lui dis-je.
- A quelle question ?
- Celle que je t'ai posée en arrivant tout à l'heure.
- Celle que tu m'as posée tout… Tu… Tu veux parler de ta demande en mariage ?
- Je n'ai pas préparé ce magnifique petit déjeuner pour rien ! Bon, c'est vrai que je n'ai pas pensé à la bague de fiançailles, mais on pourra aller en acheter une ensemble après…
- Tu veux dire que… tu étais sérieux ? dit-elle hésitante.
- Et pourquoi je ne le serais pas ? dis-je avant de l'embrasser à nouveau.
Alexandra se dégagea doucement puis se rassit sur le lit.
- Eh bien, je ne sais pas… On n'a jamais réellement parlé mariage, on l'a déjà été chacun de notre côté et je ne sais pas si je voudrais retenter l'expérience un jour, et aussi…
Comme à son habitude, elle se mettait à parler plus que nécessaire quand une situation la stressait. Ça me faisait toujours sourire, même si je savais que ça l'énervait.
- Tu peux dire non, tu sais, la rassurai-je.
- Pourquoi veux-tu m'épouser ?
- Tu n'as pas une petite idée ? L'amour et toutes ces conneries, ça t'évoque rien ? ironisai-je.
- Bien sûr, idiot ! Je veux dire… pourquoi maintenant ?
- Peut-être parce qu'à force d'entendre ma mère nous demander quand est-ce qu'on prévoyait de se marier, l'idée a fait son chemin dans ma tête. J'aime assez imaginer que tu deviennes ma femme pour de bon et qu'on passe notre vie ensemble. Et accessoirement donc, parce que je t'aime aussi.
Elle se leva et commença à faire les cent pas.
- On est divorcés tous les deux, je défends des couples sur le point de divorcer à longueur de journée. Tu te rends

compte qu'à l'heure actuelle, c'est de la folie ?
- Tu es toujours aussi pragmatique, hein ! Râlai-je.
Sans m'écouter, elle ajouta :
- Si on se marie, je veux que ça se passe en automne. Avec peu d'invités. Je ne veux pas de bagues de fiançailles, celle que tu m'as offerte la première fois me suffit. Et… Je mettrais une robe courte, pas une de ces horribles robes avec des volants partout. C'est non-négociable.
- Tu vas noter ça dans un contrat ? plaisantai-je.
Ma remarque ne la détendit pas. Elle croisait à présent les bras en me regardant, attendant ma réponse.
- Pourquoi toutes ces conditions, Alex ?
- Je veux que ça soit tout l'inverse de mon premier mariage. Et c'est ce dont j'ai toujours rêvé.
- Alors dans ce cas… Tes critères seront les miens, mais… Ça veut dire que tu es d'accord ?
Elle hésita encore avant de répondre.
- Peut être.
- Tu te rends compte qu'on est actuellement en train de vivre la demande en mariage la moins romantique du monde ? soupirai-je.
- Oui, Alan.
- On est au moins d'accord sur ça !
Elle s'approcha de moi, m'enlaça avant de m'embrasser. Puis, enfin souriante, elle rajouta :
- Non, tu n'as pas compris ce que je voulais dire… Oui, Alan, j'accepte de devenir ta femme.
- C'est vrai ? ! M'écriai-je, ravi, tu…Tu le veux vraiment ?
- Oui. Mille fois oui.

Mardi 5 Mars 2013 - 9h15

- Vos cafés, monsieur dame.
Le serveur posa les deux tasses devant nous, et Alexandra le remercia.
  Depuis que nous avions emménagés dans le quartier, nous avions pris l'habitude de prendre notre déjeuner dans la brasserie qui se trouvait en bas de notre immeuble. Ce matin, nous étions assis à côté d'une mère et de sa fille, qui me faisait beaucoup penser à la mienne petite, et je m'amusais à faire tenir une cuillère sur mon nez pour la faire rire.
- Au lieu de faire l'imbécile, lança Alexandra, profitons qu'on ait un peu de temps avant de partir travailler pour revoir ensemble la liste des invités du mariage. Ta mère n'arrête pas de m'appeler en disant que le mariage étant prévu pour le mois d'octobre, il faut absolument que les invitations partent dans un mois au plus tard. Il faut encore qu'on trouve la salle, le lieu de la cérémonie, et qu'on ait le nombre exact d'invités… On est très en retard !
- Ne t'inquiètes pas, on a bien le temps de s'en occuper…
- Je n'en suis pas si sûre !
Elle poussa les tasses et sortit de son sac un papier froissé

et griffonné.
- Qu'est-ce que c'est ? demandai-je.
- La liste.
- Ce truc, c'est la liste des personnes que l'on veut inviter à notre mariage ?
- Oui, et aussi de ce qu'il nous reste à faire. Je sais, elle est dans un piteux état… Mais je l'ai faite à la va-vite avec ta sœur, entre deux rendez-vous, et j'avoue ne pas avoir pris le temps de mettre des enluminures partout ! Je n'ai jamais été très soigneuse avec ce genre de choses de toute façon.
- On ne penserait pas ça en te voyant, pourtant... Comme toujours, elle arborait son traditionnel tailleur et ses cheveux blonds étaient tirés en queue de cheval.
- C'est ce qui fait tout mon mystère, tu sais bien, mon amour, dit-elle avec un grand sourire.
- Et c'est bien pour ça que je t'aime. Alors, à combien d'invités en sommes-nous ?
- Pour le moment, environ une centaine, puisque aux dernières nouvelles, Lili en a encore rajouté une bonne dizaine. Nous qui voulions faire un mariage simple… soupira-t-elle.

Depuis que nous avions annoncé notre intention de nous marier, ma chère mère avait imposé quelque peu sa vision des choses. Elle voulait faire les choses en grand, en été, et elle avait déjà imaginé Alexandra dans une robe longue et bouffante, à peine cinq minutes après notre annonce. Tout le contraire de ce qu'on avait choisi et de ce qui nous convenait, en somme. Pour l'instant, nous tenions bon, mais ma sœur ayant en plus fixé la date du baptême de son fils en juillet, trois mois avant notre mariage, ma mère en avait profité pour prendre la direction de tous les événements, et il était difficile de l'intéresser à autre

chose.
- Tu connais ma mère. Elle veut simplement aider.
- Oui, aider, je sais. Mais il faut souvent que je lui rappelle que c'est notre mariage, et si je ne fais pas attention, elle prendrait toutes les décisions à notre place. Je sais que je ne suis pas toujours disponible ces derniers temps, mais quand même !
Alexandra s'était en effet associée à un autre avocat six mois plus tôt, et il était vrai qu'elle était peu libre en ce moment.
- On sera plus que prévu, d'accord, dis-je, mais ça ne signifie pas qu'on n'aura pas le mariage que l'on veut ! Et puis, peut-être que ma mère s'implique un peu trop, mais tu sais bien… Il suffira juste de lui rappeler ce que l'on a décidé la prochaine fois qu'on la verra.
- Mariage simple, cet automne, tu es toujours d'accord ? récapitula Alexandra.
- Parfaitement.
Elle sembla rassurée.
- Bon, fais-moi voir cette liste, dis-je.
Lors de mon premier mariage, je n'avais pas eu grand-chose à faire, l'organisation étant le fort de ma première femme. Cette fois-ci, je voulais participer activement à la préparation, et je n'avais pas pris conscience tout de suite du nombre de choses qu'il fallait faire avant de se marier. La liste était déjà bien fournie, se rallongeait chaque jour, et peu d'items pouvaient être barré. Je commençais à l'inspecter quand le téléphone d'Alexandra sonna.
- Excuse-moi un instant, ça doit être le bureau, dit-elle en pivotant pour chercher son téléphone dans son sac.
- Je vais regarder le nom des invités rapidement, je peux certainement en enlever pas mal.
Comme je l'avais prévu, des dizaines et des dizaines de

noms Kinel s'étalaient sous mes yeux, et à part quelques rares personnes, je remarquai très vite que je n'en connaissais pas la moitié. Une bonne partie de ces noms pouvait être retirés ; je levais la tête pour en faire part à Alexandra. Je constatai qu'elle s'était éloignée de la table et parlait vivement au téléphone. En attendant, je parcouru encore une fois le papier, et quelque chose me sauta aux yeux. Aucun des invités potentiels n'appartenaient à la famille d'Alexandra. Ses parents étaient morts, et je savais qu'elle n'avait pas vraiment de famille. Cependant, elle avait une sœur et je m'étais imaginé qu'elle serait naturellement de la fête ; ce qui ne serait apparemment pas le cas. Je ne savais pas grand-chose à propos d'elle. Elle habitait en Angleterre depuis des années, ayant suivi son mari peu après leur mariage. Il me semblait qu'elle était professeur de français et qu'elle avait eu un bébé assez récemment, au vu du faire part qu'Alexandra avait reçu il y a peu.
J'attendis qu'Alex finisse sa conversation pour lui en parler. Un instant plus tard, elle regagna la table, visiblement contrariée et perdue dans ses pensées.
- Alex ? Ça va ?
Elle reprit ses esprits et se mit à sourire.
- Euh... oui... J'ai un... souci au boulot, rien de très important. Alors, on en était où ?
- J'ai fait un premier tri dans la liste, et justement, je me demandais... Tu n'invites pas ta sœur ?
- Ma sœur ? s'étonna Alexandra. Pourquoi... me parles-tu de ma sœur ?
- Je sais que tu n'as pas beaucoup de famille, mais je pensais au moins que tu voudrais que ta sœur soit là... J'aurais bien aimé la rencontrer !
- C'est... marrant que tu me parles d'elle... marmonna-t-

elle. Je ne… Je n'y ai pas réfléchi. Elle habite à Londres depuis des années, et euh… je pense que ça serait compliqué pour elle de… se libérer.
- Tu ne veux pas essayer de l'appeler ? proposai-je.
- On verra… Et si tu veux vraiment savoir, éluda-t-elle, la seule personne que j'ai envie de voir ce jour-là, c'est toi. Tu crois que ça va être jouable ou pas ?
- Attends que je consulte mon agenda une minute, dis-je en faisant mine d'en tourner les pages. Je crois que j'ai un truc de prévu, mais je ne suis pas sûr d'avoir envie d'y aller et…
Pour toute réponse, je reçus un coup de poing dans le bras de sa part. Elle se leva, reprit la liste et la fourra dans son sac.
- Je dois y aller, lança-t-elle en regardant sa montre. J'ai pas mal de rendez-vous ce matin. Tu m'accompagnes jusqu'au travail ou tu dois partir ?
- Tu sais bien que je n'ai rien de plus important à faire qu'être avec toi mon amour !
- Bien rattrapé! admit-elle, amusée.
Elle fit un pas en avant pour m'embrasser, puis recula en riant à la dernière seconde.
- Tu ne m'auras pas si facilement !
J'adorais toujours autant l'entendre rire.

***

5 mars - 10h00

Un quart d'heure plus tard, nous étions arrivés au bureau d'Alexandra.

Lors de son départ de KM Architecture, elle avait ouvert son propre cabinet d'avocat toute seule, ce qui n'avait pas été simple au début. Lors d'une affaire, elle s'était retrouvée à plaider en face d'une de ses anciennes connaissances, Paul Artelot, un avocat avec qui elle avait fait ses études. Paul avait fini par gagner l'affaire en question, ce qui n'avait pas manqué de déplaire à Alexandra. En contrepartie, pour s'excuser selon lui, il lui avait proposé en plaisantant de s'associer ensemble, et Alex n'avait pas trouvé l'idée mauvaise. C'était un avocat très doué, et assez réputé ; leur association avait donc bien démarré. Ils avaient loué un grand appartement et se partageait les lieux. Souvent, ils riaient tous les deux en se rappelant de vieux souvenirs ou en faisant ce que j'appelais des « blagues d'avocats », histoires incompréhensibles pour moi, et ce qui avait, je l'avoue, le don de m'agacer.

- Salut ! lança Paul en nous voyant entrer dans l'appartement. Alexandra, je t'attendais justement, je dois partir et mon assistante m'a dit qu'elle t'avait déposé du courrier sur ton bureau. Je voulais voir avec toi quelque chose à propos du divorce Georges...

- Oui, justement, j'ai travaillé sur ça hier à la maison et …

Je les laissai discuter tous les deux, et m'installai dans le fauteuil d'Alex. Sur son bureau trônait une photo de nous deux avec Morganne, ma fille, lors du précédent Noël, le jour où nous avions décidés de nous marier. C'était le seul signe de sa vie privée qu'il y avait ici, Alexandra tenant toujours à la séparer de son travail.

- Alan, je vais avoir besoin de mon bureau, dit-elle en venant dans ma direction.
Je me levai pour lui laisser la place. Elle s'installa et commença à pianoter sur son ordinateur.
- Je vois que tu as du boulot qui t'attends, dis-je, je ne vais pas rester plus longtemps. On essaie de manger ensemble ce midi ?
- J'aurais bien aimé, mais je viens justement de prévoir un déjeuner avec Paul ; il a une audience ce matin, et moi cette après-midi, on doit revoir plusieurs points ensemble.
- Alan, s'exclama Paul en déposant un dossier sur le bureau d'Alexandra, je ne peux que te conseiller de prendre rendez-vous avec ta femme si tu veux pouvoir manger avec elle, j'ai bien peur de devoir souvent l'accaparer dans les jours qui viennent !
- Tant pis pour moi alors, si je comprends bien... chuchotais-je, un peu déçu.
- Désolé mon amour, j'essaierais de ne pas rentrer trop tard. Je pense que je devrais avoir fini vers …
Son téléphone sonna et nous interrompit. Elle décrocha et entama une conversation avec un de ses clients. Je lui fis signe que je devais partir, et elle me répondit à peine, trop occupée.
Je saluais Paul, et quittait l'appartement.

Vendredi 8 mars 2013 - 15h20

- A quelle heure arrive les candidats ?
- Dans peu de temps. Lisa doit nous prévenir dès que le premier arrive.

Le chantier des fameux hôtels Weiss touchaient à leur fin, et KM Architecture était toujours très sollicité. Les retombées avaient été énormes. La plupart des appels d'offres auxquels nous répondions nous étaient favorables, et bons nombres de clients venaient directement frapper à notre porte, grâce à notre nouvelle réputation. Nous avions donc décidé d'engager un nouvel architecte pour nous aider dans nos dossiers. Ce matin, nous devions justement en recevoir deux d'entre eux, fraichement diplômés d'une grande école.
- Tu as leur CV ? demandai-je à Jérôme. Je ne sais plus où je les ai mis.
- J'avais prévu le coup, commençant à te connaitre… Ils sont là, dit-il en montrant une pile de papiers sur mon bureau.
- Tu insinues que je perds toujours tout ?
- Pas loin.
- C'est marrant, Alexandra me dit la même chose ! Parfois, j'ai vraiment l'impression de l'entendre quand tu

me parles !

Alexandra et Jérôme s'étaient toujours très bien entendus, et le fait que Jérôme soit en couple avec Emma, la meilleure amie d'Alexandra, ne faisait qu'améliorer les choses.

- D'ailleurs, reprit Jérôme, je voulais te dire… On voulait vous inviter avec Emma à venir manger dans son appartement le jour de mon anniversaire, vous êtes partant ?

Emma et Jérôme étaient ensembles depuis presque autant de temps qu'Alex et moi, mais ils tenaient tellement à leur indépendance qu'ils habitaient encore chacun dans des appartements séparés.

- Toi, tu veux fêter ton anniversaire ? C'est nouveau ça ? Tu n'as jamais aimé ça !

- On s'est dit que ça serait l'occasion pour nous quatre de se retrouver. Et à vrai dire, on voudrait aussi vous parler de quelque chose d'imp...

Lisa, mon assistante, entra et interrompit Jérôme.

- Les garçons, les candidats sont là.

- Merci, fis-je. Jérôme, tu disais ?

- Rien. On en reparle plus tard.

***

8 mars - 19h10

Malgré les entretiens interminables de ce matin, j'avais réussi à boucler la plus grosse partie du travail que j'avais en cours, et j'avais pu quitter mon bureau plus tôt. Nous avions prévu de passer le week-end à préparer le mariage, et j'avais décidé auparavant de nous accorder un moment de détente avant de commencer en invitant Alexandra à sortir au restaurant ce soir.

En passant la porte, je compris que mes plans allaient être fortement contrariés. Un petit sac rose Hello Kitty trainait dans le hall d'entrée, et j'entendis le rire de ma fille, ainsi que la voix d'Emma, provenant du salon. En entrant dans la pièce, elles ne me remarquèrent pas, bien trop occupées à jouer au jeu favori de Morganne, Just Dance 4. Alex avait offert ce jeu à ma fille à Noël, et il était devenu difficile de la décrocher de la télévision quand elle y jouait.

Morganne avait maintenant neuf ans. Elle ressemblait énormément à sa mère et était aussi blonde que j'étais brun. Cependant, elle avait hérité de mon célèbre regard noir – ma mère pourrait en parler – qui permettait rapidement en la regardant de savoir si elle était de bonne humeur ou non.

Tandis que je les observais danser, je sentis Alexandra se glisser derrière moi.

- Ça fait longtemps que tu fais l'espion ? chuchota-t-elle.
- Je viens juste d'arriver, répondis-je avant de l'embrasser. Charlotte est venue déposer Morganne ? Je ne me souvenais pas que c'était mon week-end de garde.
- Elle a appelé cette après-midi, l'école venait de lui dire que Mo' ne se sentait pas bien et elle ne pouvait pas aller la chercher. Elle n'arrivait pas à te joindre, alors je lui ai proposé d'y aller et qu'on la garde pour la soirée.
- Tu as bien fait. Mais Morganne ne semble pas aller si

mal que ça, remarquai-je. Tu sais ce qu'elle avait ?
- Au début, elle disait avoir mal au ventre, mais je pense que c'était juste une astuce qu'elle a trouvé pour éviter de faire du sport avec sa classe.
- C'est impossible, Mo' adore le sport ! Pourquoi ne veut-elle plus y aller soudainement ? m'inquiétais-je.
- C'était l'activité piscine qui était prévue aujourd'hui, et j'ai cru comprendre que ta fille n'était pas forcement à l'aise en maillot de bain.
- Comment ça ?
- Tu ne… saisis pas ?
- Pas vraiment, avouais-je.
- Ta fille commence à avoir un peu… de poitrine, dit-elle prudemment. Je pense qu'il faudrait qu'elle en discute un peu avec Charlotte.
- De… de quoi ? ! Morganne ? Mais elle n'a même pas encore dix ans !
Ma fille grandissait déjà bien trop vite selon moi, et je n'étais certainement pas préparé à ça.
- Je sais, mon amour, poursuivis Alexandra en riant, c'est dur, mais tu vas devoir t'y faire ! Mo' se transforme en vraie petite adolescente !
- Super, soupirais-je. Moi qui croyais qu'on avait encore le temps pour ça… Comment as-tu compris le problème ?
- Je lui ai préparé un gouter, et on a papoté entre filles, tout simplement !
- Tu es la meilleure, dis-je en m'enlaçant.
- Ça t'étonne encore ? Oh, attends-moi un instant, j'entends mon téléphone qui sonne dans la chambre. Je reviens.
Elle s'éclipsa. Dans le salon, Morganne et Emma ne s'étaient toujours pas rendu compte de ma présence. Sans réfléchir, je me glissais à leurs côtés, et tentais d'esquisser

quelques pas de danse en suivant le rythme. C'était assez lamentable.
- Papa, tu m'embêtes ! J'allais gagner ! râla ma fille que je gênais visiblement. Et voilà ! J'ai perdu !
- Ça fait plaisir de te voir aussi mon cœur ! répliquais-je.
- Tu ne sais pas encore qu'il ne faut surtout pas contrarier ta fille quand elle joue à ce jeu ? Je l'ai appris à mes dépends tout à l'heure ! lança Emma en me disant bonjour.
- Oui, je sais, elle a son petit caractère…
Morganne avait recommencé une nouvelle partie, faisant semblant de ne pas entendre notre discussion.
- Bon, je vais vous laisser, continua Emma, Jérôme doit passer à la maison. Avant que je parte, j'ai dit à Alexandra que je voulais organiser un petit quelque chose pour son anniversaire, vous êtes toujours disponible le 22 ?
- Jérôme m'en a parlé, il y a aucun de souci. Tu as une bonne influence sur lui, lui qui évite cette date fatidique d'habitude !
- Comme quoi, on arrive à tout ! Passez une bonne soirée.
Elle nous salua et partit de la maison.
Je regardais Morganne un instant. Je me rappelais du jour de sa naissance comme si c'était hier. Cette époque me semblait bien loin à présent, et bientôt, elle n'aurait plus besoin de moi… Peut-être qu'un jour, songeais-je, je revivrais ça avec un autre enfant…
- Mo', mon cœur, tu ne veux pas dire bonjour à ton papa ?
Elle soupira, posa sa manette et vint m'embrasser. Une fois assise sur mes genoux, j'entrepris de la faire rire en la chatouillant, ce qui fonctionna à merveille.
- Eh bien, je préfère ça ! Alors, tu te sens mieux ? Alexandra m'a dit qu'elle était venue te chercher à l'école

aujourd'hui.
- Euh… Oui papa, ça va ! Dis, qu'est-ce qu'on mange ce soir ? dit-elle rapidement pour changer de sujet.
- Pour ton mal au ventre, je pensais te faire une petite soupe.
- Non, Papa, s'il te plait ! J'ai plus mal, c'est passé, tu sais…
L'expression de mon visage me fit rire.
- Eh bien, alors, je suppose qu'on peut aller manger au Mc Donald's, si tu veux.
- Ah non ! répliqua-t-elle brusquement.
- Tu n'aimes plus les hamburgers frites ? m'étonnais-je.
- Si, si… Mais j'aime pas les…
Elle marmonna la fin de sa phrase si bien que je ne la saisis pas.
- Tu n'aimes pas quoi ?
- Les cl... Les clowns. Ils font peur… Et là-bas, il y en a un gros à l'entrée…
En fin de compte, peut-être bien que Mo' n'avait pas grandi si vite que ça.
- Alors on y ira où tu voudras mon cœur ! Je te laisse choisir !
- Trop bien ! S'exclama-t-elle. Je vais me mettre une jolie robe, je reviens !
Elle courut vers sa chambre. Je commençai à ranger le salon quand Alexandra revint.
- On est de sortie ce soir Alex ! J'ai proposé à Mo' de choisir où elle voulait manger, donc je ne sais pas trop ce que ça va donner, mais bon…
Elle ne répondit pas.
- Alex ? Tu es avec moi ?
- Hein ? Euh, oui… Oui… J'irais où vous voudrez…
- Ça va ? Tu as l'air ailleurs…

- Non, tout va bien, ne t'inquiètes pas. Je vais prendre une douche et on y va, o.k. ?

Jeudi 14 mars - 20h52

- Je peux prendre votre commande ?
- Désolé, une dernière personne doit arriver. Elle ne devrait pas tarder.

Nous étions ma mère et moi au restaurant depuis une demi-heure, attendant Alexandra qui avait promis de venir le plus rapidement possible.

- Que fait-elle ? Elle nous a oubliés ? s'enquit ma mère.
- Alex a beaucoup de boulot et elle avait une audience cette après-midi. Ça peut vite s'éterniser ce genre de choses. On va commencer à commander, dis-je en regardant ma montre, ça la fera venir.
- Elle est très souvent à son travail en ce moment, j'ai l'impression ! Je comprends mieux pourquoi la préparation du mariage est aussi compliquée à mettre en route…
- Justement, à propos de ça, je voulais t'en parler un peu et…

J'essayais de trouver comment dire à ma mère de façon diplomate que nous voulions qu'elle s'implique moins dans les préparatifs quand Alexandra fit son apparition.

- Je suis enfin là ! Excusez-moi Lili pour mon retard, j'ai essayé de faire vite. Bonsoir, chéri, dit-elle en

m'embrassant rapidement. Vous avez commandé ?
- Non, on t'attendait.
- Depuis longtemps ? dit-elle en s'asseyant.
- Depuis une petite demi-heure, dit ma mère.
- Je suis désolée, vraiment… Mais mon client est arrivé en retard, et j'avais promis à Paul de l'appeler après l'audience pour faire le point avec lui… Bref, maintenant je suis là !
- Paul ? Qui est ce ? Questionna ma mère.
- C'est l'associé d'Alexandra, répondis-je, il me semble que je t'en avais parlé.
- Vous êtes associée avec un homme ? s'étonna-elle. Alan, ça ne te dérange pas ?
- Pourquoi ça le devrait ?
- Une femme jeune et jolie qui travaille avec un homme, ce n'est jamais anodin !
- Qu'est-ce que tu peux être vieux jeu parfois, râlai-je. Paul est très sympa, et je m'entends très bien avec lui. Et puis c'est gentil de faire confiance à Alexandra !
- Ce n'est pas d'elle dont je me méfie, tu sais bien ! Il est célibataire, ce jeune homme ?
Alexandra qui, comme à son habitude, se gardait bien d'intervenir entre ma mère et moi, arrêta de faire semblant de lire son menu.
- Je ne parle pas vraiment de sa vie amoureuse avec lui, Lili, on travaille juste ensemble… C'est un bon ami, mais il n'est pas très bavard à ce sujet.
- Peut être que vous devriez vous méfier de…
- Passons ! coupais-je brutalement. Où est ce fichu serveur ?
- En tout cas, je suis ravie que vos affaires marchent, profitez-en ! reprit ma mère sans sourciller. Car quand vous aurez des enfants, il vous sera bien plus compliqué

de passer autant de temps sur vos dossiers !
- On verra bien à ce moment-là, Maman, dis-je en essayant désespérément de faire signe au serveur pour qu'il vienne prendre notre commande.
- C'est prévu pour quand ? s'enquit-t-elle.
- Quoi donc ?
- Eh bien, les enfants ! Quand avez-vous prévu de me faire de nouveaux petits enfants ? Vous en avez discuté j'imagine ?
Alexandra me jeta un rapide coup d'œil.
- En fait… commença-t-elle.
- Il y a déjà Morganne, dis-je précipitamment, elle et Alex s'entendent super bien. Pour le reste, on aura bien le temps de s'y mettre !
J'avais répondu à la place d'Alexandra, sachant qu'elle n'était pas très à l'aise avec le sujet. En vérité, nous en avions parlé plus d'une fois. Lors de son précédent mariage, il n'avait pas été question pour elle de faire un enfant avec Samuel. Elle n'en avait pas envie, son ex-mari n'ayant pas vraiment le profil du père idéal. Puis lors des premières années de notre couple, le sujet était venu plus d'une fois sur le tapis. Nous avions tous les deux envie d'en avoir, sans nous presser. Alexandra n'était absolument pas sûre d'elle quand il s'agissait d'enfant. Le temps avait passé, et il y a moins d'un an, elle était tombé enceinte… Mais ça n'avait pas marché, à notre grand regret. Depuis, on évitait plus ou moins le sujet. On avait pas mal de travail chacun et le mariage à préparer ; les enfants seraient donc pour plus tard. On avait gardé cette mésaventure pour nous, mais ma mère savait toujours très bien mettre les pieds dans le plat.
- Ne trainez pas trop, conseilla-t-elle. Alan, tu auras 37 ans à la fin de l'année et vous Alexandra, 33, c'est bien

ça ? C'est l'âge parfait pour faire des enfants si vous voulez encore avoir le temps d'en profiter ! Après, ça sera plus compliqué ! Vous voulez des enfants, n'est-ce pas Alexandra ?
- Euh… oui bien sûr… Enfin, … je ne sais pas si je ferais une bonne mère mais… Mais un jour j'imagine …
- Comment pouvez-vous envisager de vous marier si vous n'abordez même pas cette question ?
- Maman…
- Oui, Alan, j'ai compris, je me mêle de ce qui ne me regarde pas. Parlons du mariage, alors !
- Oui, parlons-en, justement, enchaina Alexandra. Je crois qu'Alan et moi avons trouvé un endroit sympa pour la réception et…
- Oh, justement, coupa ma mère, regardez ce que je viens de visiter !
Elle se baissa pour prendre son sac et en sortit une liasse de photos.
- Voyez comme cet endroit est superbe, dit-elle en nous tendant l'une d'elle.
Sur l'image, on pouvait voir un grand parc au bout duquel on apercevait quelque chose qui ressemblait à un petit château. L'endroit était effectivement très beau.
- C'est très joli, remarqua Alexandra. Qu'est-ce que c'est ?
- L'endroit où vous allez vous marier !
Nous échangeâmes un regard gêné elle et moi.
- C'est sympa, mais ça semble un peu grand non ? Et probablement hors de nos moyens… tentai-je.
- Justement, non ! Ça vous coutera trois fois rien ! Le propriétaire est un vieil ami de ton père. Seul bémol, le château n'est pas ouvert en automne. Mais il accepte de

vous le laisser pour le mois d'Aout ! On pourrait même loger les invités qui voudraient rester pour la nuit…
- Ça semble vraiment parfait, Lili, risqua Alexandra, mais notre mariage est prévu en octobre. N'est-ce pas, Alan ?
Alexandra plaça sa main sur la mienne et la serra fortement. Je saisis le message.
- Oui, oui en octobre, donc ça risque d'être compliqué ! rajoutai-je.
- Je sais ce que vous avez prévu, mais imaginez un peu la scène : on pourrait installer les tables et une arche dans le jardin. En plus, en août, on est presque certain qu'il fera beau, on y sera très bien. Ensuite, derrière, il y a une véranda et c'est là que nous pourrions…
Quand ma mère était lancée, c'était presque impossible de l'arrêter. Ce qu'elle nous présentait était effectivement alléchant, mais cela n'avait absolument rien à voir avec ce que l'on voulait pour notre mariage. Alexandra semblait dépérir de minutes en minutes.
- Alors, qu'en pensez-vous ?
- Maman, c'est vrai que c'est tentant, commençai-je, mais …
- Alors, on est d'accord, annonça ma mère sans me laisser le temps de terminer ma phrase, je confirme la réservation ?
- Tu veux dire que tu as déjà réservé une date ? Tu as payé des arrhes ?
- Oh, trois fois rien, je te dis ! Le propriétaire me remboursera si nous annulons ! Enfin, je suppose… Et il nous laisse choisir n'importe quelle date en août.
Elle avait parfaitement prévu son coup, impossible de refuser. Alexandra devait penser la même chose, car elle finit par concéder :
- Eh bien… Si vous avez réservé, … Je suppose que… On

peut envisager de décaler la date et de…
- Parfait ! Vous allez voir, j'ai une tonne d'idées pour la décoration !
- Chouette, marmonna Alexandra.
- Pour commencer, je m'étais dit qu'en tant que témoins, Samantha et Stéphane pourrait…
- Ce sont Emma et Jérôme nos témoins, Maman, remarquai-je.
- Ah bon ? Mais que vont faire ta sœur et ton beau-frère, alors ? demanda-t-elle. Tu ne comptes quand même pas juste leur faire lire un texte à l'église, j'espère ?
- On ne compte pas se marier à l'église Maman, tu sais bien…
- Je pensais que c'était une idée en l'air !
- Maman… soupirais-je.
Alexandra poussa sa chaise brusquement.
- Si vous voulez bien m'excuser un instant, quelqu'un est en train de m'appeler. Et je pense que tu devrais en profiter pour parler à ta mère, dit-elle en chuchotant à mon attention, si tu vois ce dont je veux parler.
- Message reçu 5 sur 5.

***

A aucun moment du repas, ma mère n'avait semblé comprendre nos envies pour le mariage. J'avais passé la soirée à tenter de lui expliquer notre vision des choses, Alexandra ayant totalement lâché l'affaire.
En rentrant à la maison, elle n'avait presque plus

décroché un mot depuis le dessert. Sans me jeter un regard, elle s'allongea sur notre lit, les yeux fermés.
- Alex, je suis désolé pour ce soir, je suis certain que ça va s'arranger…
Elle ne répondit pas.
- On pourra quand même faire ce qu'on voudra pour le reste des préparatifs ! dis-je pour la rassurer. Elle a eu ce qu'elle voulait pour la date et le lieu, c'est vrai, mais bon…
- Ne t'inquiète pas… Au point où on en est… répondit-elle distraitement.
- Tu veux qu'on en discute ?
- Non, non…
Elle tapait maintenant frénétiquement sur son portable, sans vraiment m'écouter.
Depuis quelques jours, elle passait son temps sur son téléphone. Ça ne lui ressemblait pas, et j'avais cru la voir plusieurs fois répondre à des appels provenant d'un certain « Fred », personne dont je ne connaissais pas l'existence. Je m'étais résolu à lui en parler, ne voulant pas me faire de fausses idées.
- Alex, ça fait un certain temps que je voulais t'en parler, mais… Il y a quelque chose qui ne va pas en ce moment ? Ça fait quinze jours que tu reçois des appels n'importe quand, que tu envoies des dizaines de textos, que tu sembles perdue dans tes pensées constamment… S'il se passe un truc, tu peux me le dire, tu sais.
- De quoi ? demanda-t-elle en levant la tête.
- Tu vois ce que je disais ? Tu n'es pas avec moi. J'avoue que je me pose des questions. Surtout que… Je t'ai vu plusieurs fois recevoir des appels d'un… Fred et que…
- Tu espionnes mes conversations téléphoniques ? Tu as peur que j'ai un amant ? répliqua-t-elle.

- Non, parce que je sais que tu ne trouveras personne de mieux que moi. Et je ne t'espionne pas.
- Tant mieux, parce que je n'aime pas les gens jaloux.
- Parfait, je ne le suis pas.
Bref silence, on entendait seulement Alexandra pianoter sur son portable.
- Alors ? Tu ne veux pas me dire ce qu'il y a ? tentai-je encore.
- Si. Tu as raison, il y a bien quelque chose. J'hésitais à te le dire parce que c'est une partie de ma vie dont j'ai pris l'habitude de ne plus parler depuis plusieurs années…
Elle se redressa, et se mit face à moi.
- Ça fait une semaine que Fred, ou plutôt Frédérique, ma sœur, a repris contact avec moi.
- Fred est ta sœur ? Jumelle ?
- Oui, je n'en ai pas d'autre ! Une, c'est déjà suffisamment de souci…
- Elle est revenue en France ? Elle n'habite plus en Angleterre ?
- Je ne sais pas… Elle m'a d'abord envoyé des mails, auxquels je n'avais pas répondu, puis elle a commencé à m'appeler et à m'envoyer des messages…
- Ça n'a pas l'air de te réjouir ! Vous aviez totalement coupé les ponts ?
- Disons que comme elle n'a jamais aimé Samuel, et qu'elle a déménagé juste après mon mariage, on s'est plus ou moins éloignées. La dernière fois que je l'ai vue, c'était à l'enterrement de notre père. C'est d'ailleurs la seule et unique fois où j'ai aperçu son mari.
- Tu sais pourquoi elle t'appelle ? Elle veut peut-être simplement reprendre contact avec toi !
- Tu penses ! Quand elle a eu son bébé, je l'ai appris avec le faire part, rien de plus. Alors pour ce qui est de

reprendre contact...
- Alors pourquoi ?
Elle soupira et croisa les bras.
- Elle veut vendre la maison de nos parents... Et elle a besoin de moi pour ça. Tout simplement.
- Vous possédez encore une maison ?
- Mon père l'avait acheté au début de sa carrière, on y passait beaucoup de temps quand on était petites, pendant les week-ends et les vacances... Puis, quand ma mère est morte, on a cessé d'y aller, petit à petit. Elle est inhabitée depuis longtemps.
- Vous allez la vendre alors ?
- Non, je ne veux pas.
- Pourquoi cela ?
- Je n'en ai pas envie, c'est tout.
Je sentais qu'Alexandra avait de bonnes raisons pour ne pas vouloir s'en séparer, mais également que ce n'était pas simple pour elle d'en parler. J'avais appris pendant ces quelques années qu'elle n'aimait pas parler de sa famille, et je respectais cela. Elle finissait cependant toujours par se livrer à moi, mais je ne voulais pas la brusquer.
- Ma sœur ne m'appelle jamais, continua-t-elle. On ne s'est pas parlé depuis une éternité. Je lui ai dit que j'allais me remarier... Elle m'a à peine félicitée. Elle ne parle que de cette maison. Elle n'a absolument pas changée.
Elle se parlait plus à elle-même qu'à moi. Je m'installai à ces cotés.
- Tu ne veux pas essayer d'en discuter en face à face ? Souvent, c'est beaucoup plus facile...
- Ma sœur a dû avoir la même idée que toi... Elle vient en France bientôt. Je n'ai aucune envie de la voir...
- Fais la venir à la maison. Je serais avec toi... Et je serais

heureux de la rencontrer. A moins que tu ais peur qu'elle n'apprécie pas ton nouveau futur mari…
- Ça, il n'y a aucun doute !

Elle mit sa tête sur mon épaule avant d'ajouter :
- Et même si c'était le cas, je saurais la convaincre du contraire.

Mercredi 20 mars – 13 h 20

Plusieurs fois au cours de la semaine qui suivit, Alexandra reçu des appels de sa sœur. Elle ne prenait même plus la peine de répondre, car quand elle le faisait, elle passait son temps à s'énerver. Je trouvais fortement dommage qu'Alexandra n'essaie pas au moins de la voir pour en discuter calmement, sa sœur étant le seul membre restant de sa famille. Mais elle ne voulait toujours pas en parler, et je n'avais pas envie de me disputer avec elle à ce sujet.
  Ce midi, j'avais réussi à me libérer, et nous avions prévu de nous organiser un repas en tête en tête. En arrivant à son bureau, Paul m'ouvrit.
- Je suppose que tu viens voir Alex ? dit-il en me voyant.
- Oui, je devais passer la chercher. Elle n'est pas là ?
- Non, elle avait un rendez-vous à l'extérieur ce matin. Mais elle m'a dit qu'elle serait de retour en fin de matinée. Elle ne va pas tarder. Fais comme chez toi.
  Je m'installai à son bureau et constatai qu'elle y avait laissé son portable.
- Je peux toujours essayé de la joindre, marmonnai-je, si elle ne prend pas son téléphone...

- Elle m'a dit qu'elle préférait le laisser ici pour ne pas être dérangée par un coup de fil de sa sœur, dit-il.
- Ah, elle t'en a parlé ? m'étonnai-je.
- Elle m'a expliqué un peu, on était en rendez-vous quand Frédérique a essayé de l'appeler il y a une semaine et demie.
Une semaine et demie ? Elle m'a raconté toute l'histoire il y a à peine cinq jours… Paul aurait donc été au courant de tout… avant moi ?
- Drôle d'histoire, hein ? continua-t-il. Dommage qu'elles en soient arrivées là, Alex et sa sœur s'entendaient si bien…
-Tu la connais ?
- Oui, je l'ai vue plusieurs fois quand je faisais mes études avec Alexandra. C'est une fille bien.
Paul et Alexandra se connaissaient depuis des années et je l'oubliais souvent. Les mots de ma mère pendant notre repas au restaurant me revinrent soudainement à l'esprit. C'est vrai que Paul était surement le genre d'hommes qui pouvait plaire aux femmes, mais ça ne voulait rien dire. Et le fait qu'il soit au courant de certaines choses sur ma femme avant moi ne me gênait pas. Absolument pas.
- Ça t'embête si je te laisse ? Alex fermera, je dois vraiment y aller.
- Non, pas de souci.
Paul à peine parti, le téléphone d'Alexandra se mit à vibrer. L'inscription « Numéro inconnu » s'afficha à l'écran. Sans réfléchir, je décrochai. Une voix féminine, assez semblable à celle d'Alex répondit.
- Ah je vois, il faut que je me mette en numéro privé pour que tu te décides à me répondre !
- Excusez-moi, dis-je, ce n'est pas Alexandra à l'appareil, mais son compagnon.

- Oh, bonjour ! Vous devez être Alan, c'est ça ?
- C'est ça, répondis-je, hésitant. Et vous êtes ?
- Frédérique. Sa sœur.

Super.
- Je suppose que… Vu votre silence, que vous avez dû entendre parler de moi ? ajouta-t-elle.
- Effectivement, deux ou trois fois.
- Alex est là ? Elle refuse de me répondre, c'est ça ?
- Non, mentis-je à moitié, elle a juste oublié son téléphone dans son bureau.
- Je sais que je la harcèle légèrement ces derniers temps, mais j'ai vraiment besoin de lui parler... Elle vous a expliqué la situation ?
- Un peu.
- Moi aussi, je préférerais ne pas avoir besoin de vendre cette maison, mais c'est assez compliqué pour moi en ce moment, et j'ai vraiment besoin d'argent... Si seulement elle acceptait de m'écouter, on pourrait en discuter calmement…
- Alex est très têtue quand elle s'y met.
- Oui, je vois qu'elle n'a pas vraiment changée !

Sa sœur me semblait assez sympathique, simple, loin de l'image que m'avait dépeint Alexandra.
- Peut être que si vous m'expliquiez... Je pourrais lui en toucher deux mots ?

J'avais prononcé cette phrase sans m'en rendre compte, et je regrettais déjà de l'avoir fait.
- Vous feriez ça ? Je ne sais pas si vous mettre au milieu de cette histoire serait une bonne idée... Oh, attendez un instant... dit-elle.

Je l'entendis poser le combiné, et je réfléchis rapidement. Qu'est-ce que j'allais dire à Alex ?

- Je vais devoir raccrocher, reprit-elle mais accepteriez-vous de me rencontrer pour en discuter ? Je suis en France la semaine prochaine.
- Ça devrait pouvoir se faire, répondit-je, déboussolé.
- Que diriez-vous du début de semaine ?
- Je ne sais pas si ça serait une bonne...
- Ou à n'importe quel autre moment. Votre jour sera le mien.
Elle semblait vraiment tenir à ce rendez-vous. Je finis par céder.
- Eh bien... Que diriez-vous de lundi ? Venez à mon bureau.
Je lui en donnais l'adresse et nous fixâmes une horaire. Je raccrochai et j'eus juste le temps d'effacer l'appel de l'historique du téléphone quand Alexandra arriva.
- Coucou ! Ça fait longtemps que tu m'attends ?
J'essayais de paraître aussi neutre que possible.
- Euh, ... Non, non, je viens d'arriver. Tiens, ton portable, tu l'as oublié.
- Je ne le prends plus, je ne veux pas être dérangée par Fred... J'ai eu des appels manqués ?
- Je ne sais pas, je n'ai pas regardé... On y va ?

Vendredi 22 mars - 20 h 45

- Al, où es-tu ?
J'avais passé l'après-midi hors de mon bureau pour divers rendez-vous, et je n'avais pas vu l'heure défiler. Alexandra m'avait passé plusieurs coups de fil, et j'avais à peine trouvé le temps de la rappeler.
- Je comptais aller nous chercher un petit truc à manger, puis je rentre après, lui expliquai-je. Je serais là bientôt !
- Mais qu'est-ce que tu racontes ? C'est l'anniversaire de Jérôme ce soir ! Tu ne te souviens pas ? Ils sont là, on t'attend !
- Mince, c'est vrai ! J'arrive !
Quarante-cinq minutes plus tard – bouchons dans la circulation compris - j'étais chez nous. En arrivant, je trouvai Alex seule en train d'enlever les derniers restes d'apéritif de la table basse du salon.
- Je ne comprends plus rien, m'étonnai-je, je croyais que nos amis étaient là ? On ne devait pas aller chez Emma ensuite ?
- On avait changé les plans au dernier moment, m'expliqua Alexandra. Au final, on devait aller au restaurant, mais Emma ne se sentait pas bien. On t'a attendu un peu, mais elle a préféré ne pas s'éterniser.

- Dommage... J'avais complètement zappé...
- Oui, surtout qu'Emma a fait un super cadeau à Jérôme, et c'est bête que tu n'aies pas pu en profiter...
- Ah bon ? C'était quoi ? demandai-je, curieux.
- Tu demanderas à Jérôme de t'expliquer. Ça devrait te plaire.
- Tu ne veux pas me donner un indice ? Tu en as pensé quoi, toi ?
- C'est un très joli cadeau. Le genre de choses que j'aimerais t'offrir un jour, dit-elle, pensive.
- Ah ? Ça m'intrigue d'autant plus ! J'en parlerais à Jérôme lundi.
Je m'installai dans le canapé et attirai Alexandra vers moi.
- Alors, qu'est-ce que tu aurais envie de faire ce week-end ? On pourrait aller se promener, ça te dis ?
- Lili passe à la maison dimanche, et je dois travailler demain matin, ça va être compliqué, m'expliqua-t-elle. A cause de l'histoire avec ma sœur, je n'ai pas eu le temps de faire grand-chose, il faut que je me mette vraiment au travail... Tiens d'ailleurs, en parlant de Fred, elle ne m'appelle presque plus, ça m'étonne...
Je fis semblant d'être étonné.
- Peut être qu'elle a décidé de laisser tomber l'idée de vendre la maison ? proposais-je innocemment.
- Fred ? Laisser tomber une idée ? Ça se voit que tu ne la connais pas ! Non, elle va surement revenir à la charge dans quelques jours...
Je décidai de changer de sujet.
- Bon, si j'ai bien compris, je peux oublier l'idée de passer un week-end entier rien qu'avec ma future femme ?
- Je ne sais pas pour le week-end, dit-elle en dénouant doucement ma cravate, mais si tu n'as rien de prévu dans

l'heure qui vient, on pourrait peut-être s'amuser un peu… Qu'en dis-tu ?
- J'en dis que tu as de très bonnes idées, quand tu veux !

Lundi 25 mars – 11 h 00

- Alan, le sosie presque parfait d'Alexandra est là, mais elle dit s'appeler Frédérique, je fais quoi ? demanda Lisa en entrant dans mon bureau.
- Fais-la entrer, je l'attendais.

Le rendez-vous avec la sœur d'Alexandra était prévu aujourd'hui, et j'étais un peu stressé de la rencontrer, et je ne savais pas du tout dans quoi je me lançais. Je savais pertinemment qu'Alexandra n'apprécierais absolument pas que je rencontre sa sœur dans son dos, mais une fois le rendez-vous fixé, je n'avais pas eu le cœur de la rappeler pour annuler. Alex devait me rejoindre ce midi pour manger ; j'espérais donc qu'elles n'allaient pas se croiser, et ainsi m'éviter des soucis inutiles.

Une minute plus tard, la porte s'ouvrit et la sœur d'Alexandra entra. Elle ressemblait évidemment énormément à ma compagne, la seule différence notable étant sa coupe de cheveux plus courte et son style vestimentaire plus décontracté. C'est à ce moment-là que je me rendis compte que je ne savais absolument pas ce que j'allais lui dire.
- Bonjour ! dis-je en lui serrant la main. Enchanté, je suis

Alan Kinel, le futur mari d'Alexandra.
- Frédérique. Ravie de vous rencontrer, répondit-elle, visiblement aussi peu à l'aise que moi.
- Eh bien, euh… Asseyez-vous, je vous en prie.
- Je ne vous cache pas que c'est assez… bizarre pour moi, d'être ici, dit-elle. Je suppose que vous n'avez pas mis Alexandra au courant ?
- Non, effectivement. Rassurez-vous. Je vous sers un café ?
- Je veux bien, merci.
Je lui tendis un gobelet, et elle but une gorgée. Pendant quelques secondes, aucun de nous deux ne parla.
- Bon, eh bien… Dites-moi… Comment pourrais-je vous aider ? demandai-je finalement.
- J'avais pensé que… Si vous pouviez organiser une rencontre entre Alex et moi… Ça pourrait être pas mal... Il faut absolument qu'elle accepte de discuter avec moi de cette maison. J'ai… J'ai de gros soucis d'argent et…
Elle semblait assez gênée de parler de ça avec moi, et comme sa sœur quand une situation l'embarrassait, elle se mettait à bafouiller.
- Et la vente de cette maison résoudrait bien des choses, termina-t-elle.
- Je comprends.
- Je sais qu'Alex s'imagine que je ne l'ai contactée que pour ça … Mais je serais aussi très heureuse de la revoir.
- Je pense qu'elle le serait également, dis-je.
- Je ne suis pas certaine... Je n'ai pas été très tendre avec son ex-mari, je ne l'ai pas toujours soutenue… Je comprends qu'elle n'ait pas forcément envie de me voir ou de me parler.
- Est-ce qu'on peut vraiment vous en vouloir ? Samuel n'est pas l'homme le plus aimable de la terre !

- Vous le connaissez ?
- J'ai eu l'honneur de le rencontrer, oui... Enfin, si on peut appeler ça un honneur !
Le souvenir de mon altercation avec l'ex-mari d'Alexandra me revint à l'esprit.
- Bref, repris-je, je vais tenter de plaider en votre faveur auprès d'Alex. Je ne sais pas trop comment je vais m'y prendre, mais je vais essayer.
- Cela risque de vous attirer quelques ennuis.
- Probablement... Mais vous êtes la seule famille qui lui reste et je trouve vraiment dommage que vous n'ayez plus de liens... J'ai une grande famille de mon côté, je considère que c'est quelque chose d'important. Je vais réfléchir à la meilleure façon de lui en parler, vous pouvez compter sur moi. Vous aurez surement de ses nouvelles très rapidement.
- Je n'aurais pas cru que vous accepteriez aussi facilement... Merci d'avoir pris le temps de m'écouter et de vouloir essayer d'intervenir en ma faveur. Vous... Vous n'avez vraiment rien à voir avec son ex.
- Je peux prendre ça comme un compliment ?
- Vous pouvez, répondit-elle en souriant.
Elle se leva, me serra la main, et se dirigea vers la porte.
- Je suis contente de savoir qu'Alexandra n'est plus avec Samuel. Vous, vous avez l'air d'être un homme bien.
Elle quitta la pièce, au moment où Jérôme entra. Il esquissa un mouvement pour la saluer, puis remarquant qu'elle le regardait à peine, s'arrêta à temps en levant les sourcils.
- Soit Alexandra s'est coupé les cheveux et a décidé de m'ignorer, soit je viens de voir son clone, dit-il.
- C'était sa sœur jumelle, expliquai-je.
- Alex a une sœur jumelle ? ! Pourquoi personne ne m'as

mis au courant ? Elle est célibataire ? s'empressa-t-il de demander.
- Non, et toi non plus ! Si Emma t'entendait… Et puis, au passage, je te rappelle que c'est la sœur jumelle d'Alex. J'ai l'impression que tu veux draguer ma femme.
- Je plaisante, tu sais bien ! D'ailleurs, en parlant d'Emma…
- Alex ne sait pas que j'ai rencontré sa sœur, et je ne sais pas comment je vais faire pour lui en parler, pensai-je à voix haute. Je la trouve d'ailleurs plutôt sympathique, loin de ce qu'Alex en avait dit… Je comprends bien qu'elles se soient brouillées à cause de Samuel – en même temps, difficile de l'apprécier – mais je trouve ça idiot qu'elles restent aussi longtemps là-dessus…
- Alan, j'étais en train de te dire… reprit Jérôme.
- Et ça pourrait être tellement bien si sa sœur pouvait être présente au mariage ! continuai-je. Il y aurait au moins quelqu'un de sa famille…
- Bon sang, Alan, est-ce que tu vas arrêter cinq minutes de ne parler que de toi et écouter ce que j'essaye de te dire depuis des semaines ? s'énerva Jérôme.
- Moi, je ne parle que de moi ?
- Tu plaisantes, j'espère ? "Moi", "moi" toujours "moi"! Je n'ai pas le temps d'en placer une !
- Excuse-moi vieux frère, repris-je, mais entre les préparatifs du mariage, KM, la sœur d'Alex, je n'ai plus le temps de …
- Al, je vais être papa.
- ...de ne rien faire et... Tu as dit quoi ! ?
- Tu vois, tu n'écoutes pas.
- Tu as bien dit ce que j'ai entendu ? interrogeais-je.
- Oui, Al, je vais être Papa, Emma est enceinte. Ça fait un moment que j'essaie de te le dire. On a même organisé un

repas pour mon anniversaire pour l'annoncer, mais tu n'es pas venu.
- Vieux frère, je suis désolé... Et aussi super content pour vous ! Quand Alex va savoir ça...
- Elle est déjà au courant, figures-toi !
La porte s'ouvrit et Alexandra fit son entrée.
- Tu le savais et tu ne m'as rien dit ? râlai-je.
- Je savais quoi ? demanda-t-elle, étonnée.
- Qu'Emma et Jérôme allaient être parents !
- Ah, ça mon amour, ce n'était pas à moi de te le dire, tout simplement ! Ca y est, dit-elle à Jérôme, tu as réussi à le mettre au courant ?
- Oui, ce fut loin d'être simple...
- Donc tout le monde le savait, sauf moi ? Je vois... Dites-moi tout maintenant ! C'est pour quand ?
- Pour septembre. Je vais avoir besoin que tu me conseilles sur quelques petites choses... Ce n'était pas du tout prévu, Emma et moi ne sommes pas prêts. On n'habite même pas ensemble. Il va falloir qu'on revoie notre façon de vivre tous les deux, et pour l'instant, on ne sait pas où donner tête...
- C'est simple, les enfants, c'est le pied. Ça crie, ça pleure, mais on oublie tout dès l'instant où ils se mettent à rire avec toi. Tu verras, tu ne regretteras pas. Et Emma, elle est ravie, j'imagine ?
- Evidemment, mais elle est un peu perdue, comme moi. On a très peu d'enfants et de parents dans notre entourage...
- C'est sûr que de mon côté, je ne risque pas de lui être d'une grande aide, murmura Alexandra.
Elle avait dit ça un peu tristement, mais Jérôme ne l'avais pas remarquée. Je l'embrassai sur le front pour la réconforter.

- J'en profite aussi pour vous dire qu'on a un peu discuté avec Emma, et on voudrait que vous soyez les parrains et marraines, expliqua Jérôme.

Au moment où on s'apprêtait à le remercier, la porte s'ouvrit une nouvelle fois. L'espace d'un instant, je crus que c'était Lisa, mon assistante.

- Je suis désolé, j'ai oublié mon…

Alexandra se retrouva nez à nez avec Frédérique. Elles se dévisagèrent un instant, et tout sourire disparut du visage de ma compagne.

- Frédérique ? Mais qu'est-ce que tu fais ici ?! s'exclama-t-elle.

J'étais dans de sales draps.

2

Alexandra
Lundi 25 mars – 11 h 25

Je me souvenais parfaitement de la dernière fois où j'avais vu ma sœur. C'était peu après mon mariage avec Samuel ; elle était passée nous rendre visite dans notre appartement, et on avait fini par se disputer pour je ne sais plus quel détail insignifiant. Je n'avais ensuite plus eu de nouvelles pendant des semaines et avais appris un mois plus tard qu'elle avait en fait déménagé en Angleterre. A aucun moment elle n'était venue m'annoncer son départ.
    Elle n'avait pas changée. J'avais toujours trouvé que ma sœur était la plus jolie de nous deux, et je me rendis compte à l'instant où je la vis que c'était toujours le cas. Jumelles ou pas, à mes yeux, ma sœur avait toujours était la plus belle et la plus forte de nous deux.
- Frédérique ? Mais qu'est-ce que tu fais ici ? ! m'exclamai-je.
Ma sœur ne répondit pas tout de suite, jetant d'abord un coup d'œil furtif à Alan. Puis elle esquissa un pas vers moi.

- Alex… Je suis contente de te voir.
Je reculais, sans trop savoir pourquoi.
- Tu es venue jusqu'ici pour me convaincre de vendre la maison, c'est ça ? rétorquai-je, méfiante.
Frédérique ouvrit la bouche, mais Alan ne lui laissa pas le temps de me répondre.
- Non, Alex, dit-il, c'est moi qui lui ai demandé de venir.
Je regardai successivement mon compagnon et ma sœur. Jérôme en profita pour s'éclipser doucement. En sortant de la pièce, il passa derrière Alan, et je l'entendis chuchoter à son oreille quelque chose qui ressemblait fortement à un « Bon courage ».
- Alexandra, reprit ma sœur, je…
- Si tu veux bien m'excuser, la coupai-je tout en attrapant le bras d'Alan, il faut que je parle à mon cher fiancé.
Je la plantai là, et fermai la porte. Lorsque nous fûmes tout les deux, je lui assenais un coup de poing dans l'épaule.
- Tu m'en veux, c'est ça ? gémit-il en se massant le bras.
- Tu crois ? m'énervais-je. Qu'est ce qui t'a pris de faire ça dans mon dos ?
- Je savais que ça ne te plairait pas.
Il affichait l'air penaud qui me faisait rire d'habitude, mais là, le cœur n'y était pas.
- Tu espérais quoi ? fulminai-je. Qu'on allait se tomber dans les bras l'une et l'autre ?
- Non, mais… Ecoute, ça s'est fait comme ça. J'ai répondu à ton téléphone une fois où…
- Tu as fait quoi ? !
- Ce n'était pas intentionnel, je te promets ! se défendit-il aussitôt.
Il continua de parler, mais je ne l'écoutais plus. Je songeai à ma sœur restée dans le bureau. Je n'avais absolument

pas envie de leur parler, ni à l'un ni à l'autre pour le moment.
- Tu sais quoi, Al ? dis-je finalement. Je m'en vais.
Je remis ma veste et commençai à me diriger vers la sortie.
- Alex, attends ! s'exclama Alan. Et ta sœur ?
- Tu lui as demandé de venir, tu te débrouilles, lançai-je. Je m'en vais.
Je tournai les talons, et quittai l'agence.

***

25 mars – 19 h 00

Je faisais les cent pas depuis que j'étais rentrée à la maison, ruminant ma brève rencontre avec ma sœur. J'avais encore du mal à croire qu'Alan avait pu me faire ce coup-là, et je l'attendais de pied ferme. Je n'avais presque pas travaillé de l'après-midi, étant incapable de me concentrer.
Il arriva une heure après moi, un bouquet de fleurs à la main.
- Bonjour, mon amour ! dit-il prudemment. Tiens, c'est pour toi.
Je lui adressai un sourire convenu, pris les fleurs, fis semblant de les sentir, et les jetai sur la table du salon. Je n'allai pas le laisser s'en tirer comme ça.

- J'en déduis que tu m'en veux encore, conclus-t-il.
- Estime-toi heureux que je ne m'en sois pas servi pour te taper dessus encore une fois.
- J'aurais au moins essayé... se désola-t-il.
Je ne répondis pas, me contentant de le regarder en croisant les bras. Le beau sourire qu'il affichait s'estompa.
- Bon, o.k. J'ai compris. J'ai merdé. Je n'aurais jamais dû me mêler de tes affaires.
- C'est le moins qu'on puisse dire.
Je repris les fleurs et allai dans la cuisine chercher un vase. Alan me suivi, essayant toujours de me convaincre de sa bonne foi.
- Je suis désolé, Alex. Vraiment. Je trouvais juste dommage que vous ne vous entendiez plus, je ne comptais pas intervenir dans cette histoire de maison. Ça s'est fait comme ça, mais elle avait l'air réellement sincère...
- Mouais...
Je tentais de m'occuper l'esprit en m'affairant dans la maison, tandis qu'Alan me suivait en se défendant encore.
- Elle avait vraiment envie de te voir Alex. Et pas seulement à cause de cette maison. Je me suis dit que... Peut-être qu'elle pourrait... Venir ici, juste pour que vous discutiez ?
- Je croyais que tu ne voulais pas intervenir dans cette histoire ? remarquai-je.
- Désolé.
Je posai enfin le vase sur la table du salon, et entrepris d'arranger le bouquet. Ça m'avait surprise de revoir ma sœur, mais pour être tout à fait honnête, ça ne m'avais pas déplu. Mais les années de rancœur n'allaient pas s'effacer comme ça. Alan avait dû penser la même chose, car il ajouta :

- Je sais, mon cœur, répondit-il, il ne s'agit pas que de la maison... Ta sœur le sait. Elle me l'a dit. Qu'elle ne t'avait pas assez soutenue et qu'elle comprenait que tu lui en veuilles.
- Elle t'a dit ça ? Vraiment ?
- Oui.

Ma sœur ne m'aurait donc pas recontacté que pour parler de la maison ? Je voulais y croire, mais nous nous étions tellement éloignées au cours de ces dernières années, que cela me semblait impossible.
- Si elle tient tant que ça à me voir, pourquoi ne parle-t-elle pas d'autres choses quand elle m'appelle ou qu'elle me laisse des messages ?
- Peut-être que c'est le seul moyen qu'elle a trouvé pour renouer les liens ? Elle semble réellement avoir des problèmes et elle s'est surement dit que c'était le moment ou jamais pour revenir vers toi...
- Quel genre de problèmes ?
- Elle ne m'a pas expliqué. Ce que je comprends.

Je soupirai. Alan me prit les mains et me tourna vers lui.
- Alex, tu ne veux pas me dire pourquoi tu ne veux tellement pas vendre cette maison ?

J'avais gardé mes raisons pour moi depuis un moment, mais je sentais qu'il était temps de lui en faire part.
- C'est que... C'est là-bas que... Mes parents, ma sœur et moi nous sommes retrouvés ensemble la dernière fois. La dernière fois que j'ai eu une vraie famille.

Il me regarda tristement. Je détestais ce regard, et l'impression de pitié qui s'en dégageait. J'allais le rassurer en lui expliquant que ce n'était pas grave et que j'avais fait mon deuil depuis bien longtemps, mais Alan me connaissait parfaitement. Il me serra dans ses bras

avant que je puisse ouvrir la bouche, puis ajouta doucement :
- Moi, je suis là, Alex. C'est moi, ta famille. Et Frédérique peut encore en faire partie.
Une heure plus tard, il était arrivé à me convaincre.

***

25 mars – 23 h 35

- Tu ne dors pas ? chuchota Alan.
    Nous étions couchés depuis trente minutes, et ni lui ni moi ne parvenions à trouver le sommeil. Je n'arrêtais pas de bouger, ne trouvant pas ma position.
- Alex ? demanda-t-il encore.
- Non, je n'y arrive pas.
- Tu penses à ta sœur ?
- Oui. Un peu.
Je me tournai vers lui et me calai au creux de son épaule.
- Et toi, qu'est-ce qui t'empêches de dormir ? demandai-je à mon tour.
- J'étais en train de penser à Emma et Stéphane. Et… à leur futur bébé.
Je ne répondis pas tout de suite, pensive. J'étais au courant depuis l'anniversaire de Jérôme, et je m'étais efforcée de ne pas trop y penser.
- C'est bien pour eux, hein ? dis-je finalement.

- Oui… Et puis, ça va être sympa d'avoir un ou une petite filleule !
- Ils ont de la chance… Ils n'ont jamais vraiment voulu en avoir, et sans essayer, ils y arrivent, remarquai-je.
La chambre redevint silencieuse pendant quelques minutes.
- Mon cœur ? chuchotai-je au bout d'un moment.
- Oui ?
- Tu m'aimeras toujours si on n'arrive pas à avoir d'enfants ?
- Qu'est ce que tu racontes ?
- Tu sais, c'était de ça dont je parlais l'autre soir... Le cadeau que j'aimerais pourvoir te faire. Un bébé… Bien à nous…
- On en aura un, un jour, j'en suis sûr.
- Et si... ça n'arrivait jamais ?
- Alex… murmura-t-il en me resserrant contre lui.
- Alan, je n'arrive même pas à savoir si je suis faite pour être mère… Est-ce que tu resteras toujours avec moi ?
- C'est toi que j'aime, pas la potentielle mère de mes futurs enfants.
- Tu dis ça maintenant, mais si…
Il m'embrassa comme pour me faire taire, et rajouta :
- Crois-moi, ça n'arrivera pas. Je te le promets, enfant ou pas, je ne te quitterais jamais.

Samedi 30 mars – 15 h 20

  Cette après-midi, Lili m'avait donné rendez-vous dans le petit château qu'elle avait réservé pour notre mariage. Nous venions de finir de visiter les lieux et bien que cet endroit soit effectivement superbe, je le trouvais également immense. Il pleuvait des cordes depuis notre arrivée, et nous nous étions réfugiées dans la salle de réception. Samantha était là aussi et nous étions à présent toutes assises autour d'une tasse de thé.
Plus le temps passait, plus j'avais l'impression que la vision que j'avais de mon mariage s'éloignait.
- Alors, qu'en pensez-vous ? me demanda finalement Lili.
- C'est très joli, très... sympathique comme endroit... dis-je tant bien que mal.
Nous avions fini par fixer la date du mariage au 17 aout, puisque cela tombait quatre jours après mon anniversaire, et que nous voulions en profiter pour le fêter en même temps. Cela voulait dire qu'il nous restait moins de cinq mois pour tout organiser. Les trois dernières fois où j'avais vu ma future belle-mère, elle n'avait pas manqué de me le faire remarquer qu'il nous restait une montagne de choses à faire. Aujourd'hui, elle était même arrivée avec une pochette remplie de prospectus divers sur des

prestataires de mariage, et s'était même préparé une « to-do-list » afin de ne rien oublier.
- Je suis contente que ça vous plaise, s'exclama-t-elle. C'est dommage qu'il pleuve, je voulais vous montrer le jardin, qui est magnifique. Pour la cérémonie, j'avais pensé que l'on pourrait y mettre une arche et…
- Maman, lança Samantha, avant que tu ne proposes quoique ce soit, on pourrait d'abord demander à Alexandra ce qu'elle veut pour son mariage, tu ne crois pas ?
Lili s'arrêta de parler, et prit un air désolé.
- Tu as parfaitement raison, ma fille. Pardonnez-moi Alexandra, j'ai tendance à me laisser emporter. Nous vous écoutons.
Je chuchotai un « Merci » dans la direction de ma future belle-sœur.
- Eh bien, commençai-je, j'avais pensé que l'on pourrait organiser une cérémonie laïque, j'ai vu ça dans je ne sais plus quel journal il y a peu…
- Une cérémonie laïque ? interrogea Lili. Qu'est-ce que c'est ?
- Il me semble que c'est un peu le même principe qu'une cérémonie à l'église, le côté religieux en moins, c'est ça ? demanda Samantha.
- Oui, voilà, répondis-je. On peut lire des textes que l'on choisit, prévoir de la musique, ce genre de choses...
- Mais qui officierais ? s'enquit Lili.
- Il faut chercher, mais je suis certaine que des sociétés proposent ce service... Ou on peut aussi choisir un proche.
- Un proche ? Vous n'y pensez pas ! C'est un mariage, pas une banale fête de famille ! s'insurgea Lili.

- On se serait mariés pour de vrai à la mairie avant ! Cette partie-là, ça permettrait de donner un côté un peu plus symbolique qu'une simple union civile...
- Je trouve que c'est une bien étrange façon de se marier, dit-elle.

Elle semblait vraiment ne pas aimer cette idée, mais faisait un gros effort pour le cacher.

- On trouvait avec Alan que c'était un bon compromis, précisai-je, mais de toute façon, je ne sais pas si on aura le temps de tout organiser avant août.
- Je suppose qu'on peut s'en contenter, concéda-t-elle, puisque de toute façon, vous ne voulez pas vous marier à l'église...

Elle regarda à nouveau sa liste, et barra le mot « église ».
- Mon dieu, j'y pense ! reprit Lili. J'allais oublier la bague ! Je peux la voir ?
- La bague ? Vous parlez des alliances ?
- Les alliances ? Non, je voulais parler de votre bague de fiançailles et...
- Lili, de quoi parlez-vous ? dis-je sans comprendre.

Elle écarquilla soudainement les yeux, et porta sa main devant sa bouche, comme si elle venait de dire une bêtise.
- Mince ! Vous n'êtes pas au courant ! Je crois que je viens de faire une erreur... Je pensais qu'Alan l'avait déjà achetée...
- Alan vous a dit qu'il comptait m'acheter une bague de fiançailles ?
- On en a parlé il y a plusieurs mois au téléphone et il a fini par être d'accord avec moi, un mariage ne peut se faire sans bague de fiançailles. Je pensais qu'il l'avait déjà acheté, depuis tout ce temps... Oh, je m'en veux !

Alan savait parfaitement que je ne voulais pas avoir de bague, et il disait qu'il n'avait pas envie de m'en offrir une

si ça ne me faisait pas plaisir. Encore une chose dont il s'était bien gardé de me faire part.
- Ne vous inquiétez pas, Lili, je ne dirais rien, dis-je, encore une fois, résignée.
- Vous êtes charmante, merci beaucoup, fit-elle. J'ai hâte de la voir ! Alors, où en étions-nous… Ah, nous devons absolument nous occuper des tenues. Avez-vous une idée de ce que vous voulez porter ?
- J'ai vu quelques jolis modèles, mais rien ne m'a vraiment tapé dans l'œil. Je cherche vraiment quelque chose d'original et je prévois de me rendre avec Emma dans un magasin dont on a entendu parler. Ils font des promotions sur les robes au mois de juin et…
- Des robes de mariées en promotion ? Vous n'y pensez pas ! Je connais un magasin très bien à Gap, nous irons ensemble quand vous viendrez chez moi avec Alan et Morganne le week-end du 27 mai.
- Comme vous voulez.
Quoique je dise ou fasse, j'avais bien compris que mes idées ne seraient jamais vraiment du goût de Lili.
Le propriétaire du château vint nous saluer à ce moment, et ma belle mère et lui s'éclipsèrent un instant. Je me tassai dans mon siège. Samantha me regarda, visiblement chagrinée pour moi.
- Ma mère est vraiment insupportable parfois, hein ?
- Oh, non, c'est que… Je sais qu'elle est contente pour nous et…qu'elle veut juste...
- Alex, m'interrompit-elle, je sais ce que c'est, elle était pareille quand je me suis mariée. Quoique j'ai l'impression qu'elle a bien amélioré son côté dirigiste ces dernières années… Bref, dit-elle en baissant la voix, sache que je te comprends.
Je me penchai et chuchotai dans sa direction :

- Je ne sais plus comment faire, Sam ! Chaque semaine, l'idée qu'on s'était fait de notre mariage disparait un peu plus… D'abord le lieu et la date qui changent, la liste des invités qui grandit constamment, la cérémonie, la robe... Et puis cette histoire de bague, il faudra qu'on m'explique !
- Tu m'avais dit que tu n'en voulais pas, c'est bien ça, non ? se souvint Samantha.
- C'est ça. Alan m'avait offert une très jolie bague il y a quelques années, juste avant que l'on se mette en couple. Elle était un peu trop grande et je porte très peu de bijoux ; résultat, je ne l'ai presque jamais mise. Je me suis aperçue que je l'avais égarée récemment… Je l'adorais, pour ce qu'elle représentait à mes yeux ; pour moi, cette bague était celle de mes fiançailles et je n'en voulais pas d'autre. Et ton frère était d'accord ! Voilà que j'apprends qu'il va m'en acheter une nouvelle, et pas parce qu'il en a envie, mais uniquement parce que votre mère l'a décidé ! Au train où vont les choses, elle finira par l'avoir son mariage à l'église !

J'avais parlé un peu fort, et Lili se retourna. Heureusement, elle ne sembla pas comprendre ce que j'avais dit et repris sa conversation. Samantha posa sa main sur mon bras, dans le but de me calmer.
- Tu veux que je lui parle ?
- Non, ce n'est pas à toi de faire ça… J'ai déjà essayé mais… Je ne suis que sa belle-fille… Et j'aimerais surtout qu'Alan y mette un peu du sien et ne lui passe pas tous ses caprices !
- Ça a toujours été plus ou moins comme ça entre eux, tu sais, Alan a toujours eu du mal à lui dire non. D'ailleurs, s'il avait su faire ça, il aurait dit à Maman il y a quatre ans que ça ne lui faisait rien d'être célibataire et il ne

t'aurait probablement jamais demandé de jouer le rôle de sa petite amie à Noël !
- Oui, ce n'est pas faux ! remarquai-je en riant.
Mon téléphone vibra dans ma poche. En voyant le nom d'Alan s'inscrire à l'écran, je décidais de ne pas décrocher.
- Tu ne lui réponds pas ? s'étonna Samantha.
- Non, ton frère devra s'expliquer plus tard, mais pour l'instant, je n'ai pas envie de l'entendre.
- Je comprends. En tout cas, si tu as besoin, je suis là. Je sais comment parler à ma mère, à la différence d'Alan.
- Merci Sam, vraiment.
Mon téléphone vibra à nouveau, mais cette fois-ci c'est le numéro d'Emma qui s'afficha. Je m'excusai auprès de Samantha et décrochai.
- Alex, il faut absolument que tu viennes !
Elle semblait paniquée.
- Emma ? Qu'est ce qui se passe ? Ça va ?
- Non, ça ne va pas du tout ! Il faut que tu viennes tout de suite !
- Mais pourquoi ? Explique-moi, tu me fais peur !
- Je dois passer mon deuxième examen prénatal, dit-elle à toute vitesse, et Jérôme n'est pas encore arrivé ! Je ne pourrais jamais faire ça toute seule et je passe dans dix minutes !
- Mais enfin Emma, ça s'était bien passé la fois précédente, non ? Je croyais que la sage-femme qui s'occupait de toi était adorable ! C'est ce que tu m'avais dit ?
- Oui, mais la dernière fois, je n'étais pas seule ! Je n'arrive pas à le joindre, je ne sais pas quand il va arriver... Il faut que tu viennes !

- Je voudrais bien, Em', mais je suis loin de la ville pour le moment... Tu veux que je t'envoie Alan ?
- Tu crois qu'il voudrait ?
- Je peux lui demander... Ah, non attends, je n'ai pas réfléchi, il avait un rendez-vous je sais plus où en début d'après-midi, c'est pour ça que je suis seule avec ma chère belle-mère aujourd'hui... Désolé, Emma...
- Alex, je ne vais pas y arriver. Vraiment.
Elle s'était mise à respirer de plus en plus fort. Je me creusai la tête aussi rapidement que possible afin de trouver une idée pour la calmer.
- Ecoute-moi. Il faut que tu penses à autre chose, d'accord ? Je suis sûre que Jérôme ne va pas tarder, mais en attendant, détends-toi ! Pense à... Je ne sais pas... à la petite robe qu'on a vue toutes les deux dans la vitrine la dernière fois !
- A quoi bon, je ne rentrerais bientôt plus dedans !
- Alors imagine toutes les nouvelles fringues que tu vas pouvoir t'acheter ! Plus celles pour le bébé ! Et Jérôme ne pourra te faire aucune réflexion !
Je sentis au son de sa voix qu'elle s'apaisa aussitôt.
- De nouveaux habits ? C'est vrai que je n'avais pas pensé que j'allais devoir en acheter d'autres... Tu crois qu'il existe des magasins spécialisés là-dedans ?
De toute évidence, Emma ne s'était vraiment jamais intéressée de près ou de loin au monde des nouveau-nés et des futures mamans.
- Bien sûr qu'il en existe, dis-je. Tu trouveras surement ton bonheur dans n'importe quel centre commercial.
- Je pourrais peut être aller y faire un tour en rentrant...
Apparemment, j'avais réussi mon coup, car elle ne semblait plus être aussi stressée.

- Qu'est-ce que tu fais en fin de journée ? demanda-t-elle sur un ton enjoué. Ça ne te dirait pas de venir avec moi ?
- J'aurais adoré, mais ma... sœur doit venir à la maison vers 17 heures...
- Ta sœur ? Tu as accepté de la rencontrer finalement ?
- Oui, Alan a fini par me convaincre... J'espère que ça se passera bien, j'appréhende un peu.
- Alex, si je peux affronter un rendez-vous médical et avoir un bébé... Tu peux affronter ta sœur !
- Tu as raison, nous sommes des femmes fortes, dis-je pour nous donner du courage.
- Tout à fait ! Bon courage, Alex.
- Toi aussi Em'.

***

30 mars - 17 h 05

- Ça va ?
    Je terminai de replacer un des coussins du canapé. La maison était parfaitement rangée et propre. Pas question que ma sœur ai l'occasion de me faire la moindre réflexion. J'avais eu le temps de passer acheter des gâteaux et de préparer du café, comme si notre rencontre allait être tout ce qu'il y avait de plus normale entre deux sœurs qui ne s'étaient pas vues depuis plus de sept ans.

- Tu veux que je t'aide à faire quelque chose ? proposa Alan en arrivant dans le salon.
- Tu crois que j'ai oublié un truc ? demandai-je anxieusement.
- Alexandra, si tu te détendais un peu ? Tout ira bien, je t'assure.
Alors que je tentais désespérément de suivre son conseil, on sonna à la porte. Je sursautai. Frédérique entra dans l'appartement quelques minutes plus tard, et je découvris qu'elle n'était pas venue seule. Un tout petit enfant dormait dans le porte bébé qu'elle avait sur son ventre.
- Entrez, dit Alan. Installez-vous, mettez-vous à l'aise.
Je voyais qu'il faisait tout pour que ça se passe bien, ce dont je lui étais reconnaissante.
- Merci, dit Frédérique en enlevant sa veste. Je suis désolée, je suis venu un peu retard, je n'ai trouvé personne pour garder Tom... Et puis je me suis dit que ça serait l'occasion pour qu'il fasse connaissance de sa tante, alors je l'ai finalement amené. Ça... Ça ne te dérange pas ?
Je m'approchais du bébé. Il dormait paisiblement, et ressemblait énormément à ma sœur, et donc par la même occasion, à moi. Je ressentis un léger pincement un cœur à cette idée.
- Non, tu as bien fait. Il a bien changé depuis que j'ai reçu le faire part... Quel âge a-t'il ?
- Huit mois.
Au moment où Frédérique s'assit sur le fauteuil du salon, son fils se réveilla doucement. Elle détacha délicatement le porte bébé et l'installa plus confortablement sur ces genoux, tourné dans ma direction. Le bébé me regarda et se mit à sourire.
- Tu veux le prendre ? me lança ma sœur.

- Euh… je ne sais pas si…
- Oh attends, je crois qu'il va d'abord falloir que je le change.
- Si vous voulez, je peux m'en occuper, proposa Alan, j'ai eu l'habitude avec ma fille et mon neveu. Comme ça, vous pourrez discuter tranquillement.
- C'est très gentil. Vous trouverez tout ce qu'il vous faut dans ce sac noir, dit-elle.

Alan prit Tom dans ses bras et disparut dans la salle de bains.
- Ton compagnon a l'air d'adorer les enfants, remarqua Frédérique, tu as de la chance !

Je ne répondis rien, me contentant de hocher la tête. Maintenant que nous étions seules, j'étais encore plus perdue.
- C'est très joli chez vous.
- Merci.
- Bon… Eh bien… Je crois qu'on devrait laisser tomber les banalités d'usage et passer aux choses sérieuses, tu ne crois pas ? dit-elle finalement.
- Probablement.

Silence.
- Avant de commencer, reprit-elle, je veux que tu saches que je ne suis pas heureuse de devoir vendre la maison de Papa.
- Très bien, moi non plus. Gardons-la.
- Alex, tu ne comprends pas… J'ai besoin d'argent. Vraiment.
- Je peux t'en prêter. Inutile de vendre la maison, répétai-je.
- Tu me prêterais assez d'argent pour que je puisse totalement changer de vie ?
- Changer de vie ? Tu as tué quelqu'un ou quoi ?

Elle sourit.
- Non, bien sûr… Mais je vais divorcer. J'ai besoin d'argent pour venir me réinstaller en France.
- Tu te sépares de ton mari ? m'étonnai-je. Alors que vous venez d'avoir un bébé ?
- Ça fait malheureusement bien longtemps qu'il ne se passe plus grand-chose entre nous… Je pensais que la naissance de Tom allait arranger les choses, mais ça n'a pas été le cas. Dire que j'ai tout quitté pour le suivre en Angleterre… Je n'ai pas été plus douée que toi dans le choix de l'homme que j'ai épousé…
- On fait tous des erreurs, dis-je.
- Toujours est-il que maintenant, je me retrouve sans rien, à devoir payer un divorce et élever un bébé. Et je n'ai largement pas assez d'économies pour payer tout ça. Il ne me reste pas grand-chose de l'héritage de Papa, et je ne sais pas pour le moment où je vais loger, donc il est compliqué pour moi de trouver du travail.
La vie de ma sœur avait considérablement changée pendant toutes ces années, et l'entendre en parler faisait me rendre compte du fossé qui se trouvait à présent entre nous.
- Je suis désolée pour toi, Fred… D'autant que je sais ce que c'est. Si tu as besoin de quelque chose, je serais contente de t'aider.
- C'est gentil.
Elle semblait réellement apprécier ma proposition et nous échangèrent un regard complice, comme avant.
- Tu comprends donc que… J'ai besoin d'argent, expliqua-t-elle. Si je pouvais faire autrement, je le ferais. Si c'était possible, je te revendrais même ma part, mais…
- Je n'en ai pas les moyens.

- C'est ce que je me suis dit aussi. Et je n'ai pas trouvé d'autres solutions. J'ai même songé à revenir habiter dans la maison de Papa, ce qui aurait pu régler bien des soucis, mais la vente serait au final beaucoup plus rentable pour nous. Et puis, je ne sais pas si je serais capable d'y vivre, sans avoir l'impression de voir les parents un peu partout…
- Tu comptes donc revenir t'installer dans la région ?
- Oui. Je ne me vois plus vivre ailleurs. J'ai des amis, des anciennes connaissances ici, j'habite pour le moment chez certains d'entre eux. Et puis, je t'aurais, toi… Si ça te dit encore.
Je me levais pour réfléchir. Fred avait raison, la maison valait encore surement un bon prix sur le marché, et avec mon mariage approchant, un peu plus d'argent ne serait pas du luxe. Mais c'était aussi la dernière chose qui nous liait encore à nos parents, et je n'arrivais pas à me résoudre à m'en séparer.
- Tu te rends compte que la dernière fois que nous avons été réunis tous les quatre avec Papa et Maman, c'était là-bas ?
- Je sais, Alex.
Alan revint à ce moment-là, le bébé dans les bras. Il le tendit d'abord à Frédérique, qui me le mit dans les bras l'instant d'après.
- Tiens, prends-le. Il est temps que Tom rencontre sa tante.
Mon neveu gémit un peu, puis se mit à me sourire. Je le berçais doucement, et en l'espace d'une minute, il commença à s'endormir.
- Je crois qu'il a compris à qui il avait affaire, remarqua ma sœur.
Je le berçais encore un peu, et l'embrassais sur le front.

- Ravie de te connaitre, Tom.

Dimanche 7 avril - 11 h 20

La maison de mon père se trouvait un peu avant la ville de Bandol, pas très loin du bord de mer. Nous étions partis tôt avec Alan ce matin pour nous y rendre, et je sentais, au fur et à mesure du chemin, les souvenirs de mon enfance remonter à la surface. La route avait beaucoup changée, des villas ayant poussées un peu partout. De nombreuses années avaient passées depuis mon dernier séjour dans cet endroit. Alan conduisait et nous nous engagions à présent sur le petit chemin de terre qui menait jusqu'à la maison. Il avait pu se libérer pour m'accompagner, et j'étais contente de le savoir à mes côtés. Depuis ce matin, je sentais une boule au ventre grandir et me sentait de plus en plus fébrile.

J'avais finalement accepté de retrouver Frédérique ici afin que nous nous fassions une idée du prix que nous pourrions tirer de la maison. Je n'avais pas totalement admis l'idée de nous en séparer, mais le fait de savoir ma sœur dans le besoin m'était bien plus difficile à digérer que celle ne plus posséder ce qui n'était au final qu'un souvenir d'enfance, aussi important soit-il à mes yeux.

Nous nous trouvions à présent devant le portail en fer du jardin, et ma sœur n'était pas encore là.

- Tu veux essayer de l'appeler pour savoir où elle est ? proposa Alan.
- Nous sommes en avance, dis-je en consultant ma montre. On va l'attendre à l'intérieur. J'ai envie d'y aller maintenant.
- Tu as les clés ?
- J'ai celle de mon père, Fred en a d'autres.
Je sortis le trousseau de mon sac, respirai un grand coup, et rentrai la plus grosse dans la serrure. Le portail grinça un peu et nous pénétrâmes dans le jardin.
Un peu partout, des fleurs et des mauvaises herbes avaient investis les lieux. La maison se trouvait face à nous, volets fermés. Pour y rentrer, il nous fallait en faire le tour et passer par la terrasse qui surplombait le jardin. J'y fis d'abord quelques pas et admirait la vue. Au loin, on apercevait un bout de mer.
- Regarde, dis-je à Alan qui se tenait à mes cotés, tu vois le portique en ferraille au fond du jardin, là-bas ?
Il hocha la tête, attentif.
- Il y avait une balançoire, avant. On passait des heures avec ma sœur à se la disputer. On jouait là-bas quand mon père est venu nous expliquer que… Notre mère était malade. Quand… Quand elle est morte, j'étais là aussi. Je n'ai jamais pu retourner dans cette partie du jardin par la suite. Mon père a fini par enlever la balançoire.
Sans que j'y prête attention, ma voix avait commencé à trembler. Alan me prit la main et la serra dans la sienne.
- Le moindre endroit ici te rappelle ta mère, c'est ça ?
- Oui… J'avais oublié à quel point. Rentrons.
A l'intérieur, il faisait sombre. Je fis signe à Alan d'aller ouvrir les volets du salon, tandis que je m'occupais de la chambre d'en bas. Le soleil entra dans la pièce. La maison était grande ; cependant, elle l'était bien moins que dans

mon souvenir. Aucun meuble n'avait bougé. Je m'assis sur le canapé. Ici, je me sentais parfaitement chez moi.
- C'est vraiment sympa ici ! remarqua Alan. Un peu poussiéreux, certes, mais après un bon ménage, je suis sûr que vous en pourrez en tirer un bon prix. Tu me fais visiter ?
Je voyais bien qu'il essayait de tout son cœur de paraitre joyeux pour me remonter le moral. J'étais partagée entre la tristesse de repenser à mes parents décédés, aux quelques années de mon enfance heureuse, et le fait de devoir vendre cet endroit ; mais je décidais cependant d'y mettre un peu du mien.
- Tu veux que je te montre mon endroit préféré ?
- Avec plaisir !
Je l'entrainais vers l'escalier qui menait au grenier. Les marches étaient raides et je repensais au nombre de fois où j'avais failli tomber en les descendant. À l'étage, je m'installai sur un des lits qui se trouvait là. Alan fit un tour de la pièce, balayant du regard les vieux objets qui s'y trouvait.
- Bienvenue dans notre salle de jeu ! On passait ici des heures avec ma sœur et mes copines, et on avait interdit aux parents d'y venir. C'est même ici, derrière ce rideau, que j'ai embrassé mon premier amoureux ! Regarde, je crois même que j'avais gardé les dessins qu'il m'avait fait, dis-je en commençant à chercher dans le tiroir de la petite table de nuit.
Je sortis une liasse de vieux dessins, qu'Alan commença à regarder. Sur la moitié des feuilles, on y voyait des cœurs avec des noms de garçons différents.
- Tu avais du succès, on dirait ! Je dois être jaloux ou pas ? s'enquit il, rieur.
- J'étais jeune, y'a prescription non ?

Alan s'installa à mes côtés et ajouta :
- C'est super calme ici, on est vraiment tranquille, je comprends que tu aimes cette pièce… Ça me donnerait presque des idées, chuchota-il en commençant à déboutonner mon chemisier.
- Mon cœur, arrête, protestai-je, Fred va arriver d'un instant à l'autre !
- On peut s'amuser un peu !
- Dans la maison de mes parents ? Tu n'y penses pas !
Tout en tentant faiblement de résister aux assauts d'Alan, je continuai machinalement à fouiller le tiroir. Des tas de papiers et dessins s'y trouvaient encore. En en sortant quelques-uns, je remarquai qu'un bout d'enveloppe était coincé sous le plancher du tiroir.
- Alan, attends… Il y a quelque chose de bloqué… Je n'ai pas le souvenir qu'il y avait un double fond ici...
Je tirais dessus d'un coup sec, et la moitié des papiers volèrent à travers la pièce.
- Tu testes une nouvelle technique de rangement ?
- Non, riais-je, j'essayais de décoincer cette feuille… Regarde, c'est une lettre toute froissée.
- Une lettre ? De qui ?
- C'est l'écriture de ma mère, dis-je en commençant à la parcourir.
- Qu'est-ce qu'elle dit ?
- Attends un instant…
Cette lettre nous était visiblement destinée, à ma sœur et à moi, mais je n'avais pas le souvenir de l'avoir déjà lue. J'avais toujours eu du mal à déchiffrer l'écriture de ma mère ; la lettre était en plus abimée par endroit, si bien que certaines parties étaient illisibles. Le sujet principal de la lettre était cependant parfaitement clair.

A la fin de ma lecture, un fort sentiment de nausée m'envahit. Je me levai brusquement, mais mes jambes ne pouvaient pas me porter ; je retombai mollement sur le lit.
- Alex ? Qu'est-ce qui se passe ? Qu'est-ce que dit la lettre ? s'inquiéta Alan.
J'avais soudainement du mal à respirer, et j'étais incapable de parler. Nous entendîmes du bruit à l'étage du dessous, et la voix de ma sœur s'éleva.
- Alexandra ? Alan ? C'est vous qui êtes là-haut ?
- Oui, oui ! cria Alan.
Elle apparue quelques secondes plus tard.
- Vous êtes ici depuis longtemps ? demanda-t-elle.
- Non, une vingtaine de minutes seulement.
Pendant qu'elle et Alan discutaient, je relus la lettre une seconde fois. C'est que je venais de découvrir était à peine croyable. C'était surement un cauchemar et j'allais finir par me réveiller.
Frédérique remarqua le papier que je tenais à la main et le désordre autour de moi.
- Oh, je vois que tu as fait des investigations dans ton tiroir à secret ! Tu as trouvé quelque chose de croustillant ? dit-elle amusée.
Toujours incapable de parler, je la regardais. Comment allais-je bien pourvoir lui annoncer que je venais de découvrir que notre père... N'était en réalité pas notre vrai père ?

***

13 aout 1985

Mes filles,

Je ne sais pas si j'aurais la force de vous donner cette lettre un jour. Depuis que votre père m'a convaincu de l'écrire, j'ai passé de longs moments à chercher comment je pourrais vous raconter l'histoire de votre naissance. J'ai effacé, gommé, recommencé des dizaines de fois, froissé des dizaines de feuilles. Je ne sais toujours pas quels mots choisir, et ceux que j'utiliserais ne seront probablement pas les bons.

Aujourd'hui, vous fêtez votre cinquième anniversaire. Dans quelques heures, la maison ...

...ne peux m'empêcher de me rappeler que chaque jour, depuis votre naissance, je vous mens.

J'aime ma famille, j'aime ce que je suis arrivée à en faire. Ma vie n'a plus jamais été la même depuis que l'on m'a annoncé votre venue et ça n'a pas été simple au départ. Je...

... vrai. Mes parents ne m'ont pas permis de rester chez eux, décidant que leur fille enceinte de 17 ans n'était plus assez bien et ne pouvait plus faire partie de leur famille. Je n'avais pas ...

... Si je n'avais pas croisé le chemin de Charles, si celui que vous appelez chaque jour Papa ne m'avait pas acceptée telle que j'étais, enceinte de 6 mois de jumelles, je ne sais pas où je serais aujourd'hui.

Il nous a permis d'avoir une vie décente et chaque jour, je l'en remercie.

Pitié, ne me détestez pas.

***

7 avril - 12 h 15

- C'est impossible.
- Tu l'as lue comme moi, Fred.

Cela faisait une bonne heure que nous étions assises sur la terrasse, lisant et relisant encore la lettre que j'avais trouvée un peu plus tôt. Alan était parti faire un tour, nous laissant seules ma sœur et moi.
- Il manque des parties, dit-elle, peut-être que l'on n'a pas une information importante, et qu'on a mal interprété tout ça et...
Je la coupai.
- Fred, écoute : « *Si je n'avais pas croisé le chemin de Charles, si celui que vous appelez chaque jour Papa ne m'avait pas acceptée telle que j'étais, enceinte de six mois de jumelles...* ». Ça laisse quand même peu de place au doute !
Elle parcourut encore une fois la lettre et soupira.
- Comment ont-ils pu nous cacher ça pendant toutes ces années ?
- Je n'en ai aucune idée... Papa... Pas notre vrai père... Tu t'en rends compte ?

Elle ne me répondit pas, se leva et s'accouda sur la rambarde de la terrasse. Les yeux dans le vague, elle dit finalement :
- Tu te souviens quand il nous faisait faire nos devoirs, ici, le week-end ? On n'avait pas le droit d'aller jouer tant qu'on ne savait pas parfaitement nos leçons… Qu'est-ce que j'ai pu le détester parfois…
- C'est vrai qu'avec Maman, c'était beaucoup plus détendu, songeai-je.
- Pendant mes études, à chaque fois que j'avais un doute sur mes capacités, il savait exactement quoi dire pour que je me remotive. Il était ferme, juste comme il le fallait… J'avais sans arrêt peur de décevoir mon père, le grand avocat Charles Dermot…. Sans lui, j'aurais surement agit différemment de nombreuses fois…
Elle se tut, pensive.
- Qu'est-ce qu'on va faire ? demandai-je au bout d'un moment.
Elle se tourna vers moi, puis sans sourciller, dit :
- Vendre la maison, comme prévu.
Le ton qu'elle avait employé me surpris.
- Ça ne t'intéresse pas d'en savoir plus ? Sur… notre vrai père et nos grands parents ?
- Pourquoi faire ? Tu le dis toi-même, la lettre ne laisse pas place au doute. Les parents de Maman l'ont laissé tomber alors qu'elle était enceinte de nous. On n'en a jamais entendus parler, elle n'a jamais dû reprendre contact. C'est d'ailleurs surprenant qu'on n'ait jamais posé de questions sur eux quand on était petites !
- Les parents disaient toujours que notre famille se limitait à nous quatre… Ceux de Papa vivaient à l'étranger, et Maman disait constamment que sa vie avait commencé le jour où ils s'étaient rencontrés. On était trop jeunes quand

elle est morte, on ne parlait pratiquement plus d'elle ensuite, on en était pas capable... Alors parler de ses parents... Mais c'est peut-être l'occasion de les retrouver ! Ils doivent certainement savoir qui est notre vrai père...
- Notre vrai père ? On en a déjà un, Alex. Ça me suffit.
- Oui, bien sûr, mais tu ne veux pas...
- Alex, me coupa-t-elle, je n'ai pas envie de perdre mon temps. Je suis pressée aujourd'hui, il faut que j'aille récupérer Tom en fin de journée. Il faut vraiment que l'on commence à faire l'inventaire de la maison.
Et sans que je puisse répliquer, elle était rentrée dans la maison.

***

7 avril - 15 h 05

Pendant le trajet du retour, je n'ouvris pas la bouche. Je sentais le regard d'Alan sur moi par moment, mais il ne dit rien.
Arrivés à la maison, toujours prévenant, il commença à s'affairer en cuisine. Je m'affalai sur le canapé, incapable de réfléchir. Il apparut quelques minutes plus tard, une tasse de thé fumante à la main.
- Je sais que tu aimes bien boire un thé chaud pour te détendre, dit-il en me la tendant.

- Un whisky aurait été plus approprié.
Il s'assit à mes côtés, et je pris la tasse, sans la boire.
- Comment tu te sens ? demanda-t-il finalement.
- Comme une fille qui vient d'apprendre que ses parents lui ont toujours menti. Et que son père ne l'est pas en réalité.
Il ne sut quoi répondre.
- Ça te fera une histoire à raconter à nos enfants, tenta-t-il.
- Je m'en serais bien passée.
- Si ça se trouve, ton vrai père est quelqu'un de sympa...
- Alan...
- C'est vrai que la lettre n'en dit pas beaucoup sur lui, mais ça ne signifie pas que...
- Arrête, Alan, s'il te plait ! Je n'ai pas envie de parler, tu comprends ?
Il s'arrêta, surpris et me regarda. En un instant, sans que je m'y attende, je fondis en larmes.
- Excuse... moi... hoquetais-je, je... ne voulais pas...
- Non, Alex, c'est moi, j'ai été stupide. Viens par là.
Il m'attira contre lui et me serra dans ses bras, ce qui eut pour effet de me faire pleurer de plus belle. Ça ne m'arrivait jamais, ou presque, ayant entendu mon père dire pendant des années que les pleurs ne servaient à rien. J'avais d'ailleurs toujours été plus ou moins d'accord avec lui. Mais il se trouvait qu'il n'était plus mon père depuis trois heures, et que j'étais incapable de m'arrêter.
  Depuis la découverte du secret de mes parents, un souvenir précis me revenait sans cesse en tête ; le jour de ma première plaidoirie, mon père se trouvait dans la salle d'audience et m'avait écouté défendre mon premier client. Cette fois-là, je n'avais pas gagné, mais il m'avait dit être fier que je sois sa fille. Ses paroles prenaient un autre sens aujourd'hui.

Je repensais aussi à ma mère. Je sortis la lettre que j'avais mise dans ma poche un peu plus tôt, et la relus encore une fois. J'avais l'impression d'entendre la voix de ma mère prononcer chaque phrase. Une larme tomba sur le papier, et effaça quelques mots. Rester là à pleurer, sans rien faire, ne me ressemblait vraiment pas. Alan finit par me retirer le morceau de papier froissé.
- Tu veux que je te fasse quelque chose à manger ? proposa-t-il. Ou bien qu'on aille se promener ?
- J'ai besoin de prendre... l'air, dis-je en essayant de me calmer un peu.
- Très bien, on pourrait...
- Alan, tu es adorable,... Mais j'ai vraiment besoin d'être seule. Pour réfléchir.

Mercredi 10 avril - 11 h 50

Depuis que j'avais découvert la vérité à propos de ma famille, j'avais perdu le sommeil. Je songeais à cette histoire jour et nuit. J'avais passé deux jours à détester mes parents pour ce mensonge, puis à leur trouver toutes les excuses du monde. Je pensais aussi sans arrêt à mon vrai père. A quoi ressemblait-il, quel était son nom, était-ce un homme bien ? Etait-il encore en vie ? Ma mère ne donnait aucune information sur lui dans la lettre, ne l'évoquait même pas. Etait-il au courant de notre venue ou bien ma mère avait gardé le secret ? Autant de questions dont je n'avais pas les réponses. Mardi matin, je m'étais rendue à l'évidence : je ne pouvais pas rester sans savoir. Je voulais connaitre mes origines, et j'étais bien décidée à me lancer dans cette recherche. J'avais tenté d'appeler Frédérique pour lui en parler, mais la situation était maintenant inversée ; c'était elle qui refusait de me répondre. Je lui avais donc fait croire que j'avais trouvé un acquéreur potentiel pour la maison, et elle avait fini par me dire dans un message qu'elle passerait me voir pour en discuter.

Avec toute cette histoire, l'ambiance à la maison s'en ressentait. Alan faisait tout son possible pour me faire sourire ou penser à autre chose, mais je n'y parvenais pas. J'avais décidé de prendre mon après-midi, et lui avais proposé de venir me rejoindre au bureau afin que nous allions acheter ensemble la fameuse bague de fiançailles. J'avais envie de m'occuper l'esprit avec autre chose, et de profiter un peu de lui dans d'autres conditions.

En attendant, j'étais sensée travailler sur un rapport d'audience alors que je luttais pour ne pas m'endormir sur mon ordinateur.
- Alex ? Tu es avec moi ?
Paul était planté devant moi, et je ne l'avais pas vu arriver.
- Tu m'as parlé ?
- Je viens de te demander si tu savais où étaient les dossiers que j'avais laissés sur la table, hier... Tu les as aperçus ?
- Euh non, non...
- Je vois, tant pis.
Je me repenchai sur mon écran, relisant pour la énième fois la même phrase, sans la comprendre.
- Alex ? dit Paul.
- Hum ?
- Tu devrais rentrer chez toi.
- De quoi ?
- Tu n'es clairement pas à ce que tu fais aujourd'hui. Tu devrais rentrer chez toi.
- Je sais que je n'avance pas beaucoup en ce moment, me défendis-je, mais je préfère être ici. Ça me permet de penser à autre chose... Et puis je ne bosse déjà pas cette après-midi, je ne peux pas me permettre de prendre trop de retard.

Paul et moi nous connaissions depuis la fac de droit, et travailler ensemble nous avait beaucoup rapprochés. Je le considérais maintenant comme un très bon ami. Il avait également bien connu mon père, et c'est naturellement que je lui avais raconté ce qu'il m'arrivait.
- Tu trouves vraiment qu'être ici te permet de penser à autre chose ? répéta-t-il. J'ai l'impression que ça ne fonctionne pas vraiment… Tu es toujours à la page titre de ton dossier, remarqua-t-il en indiquant l'ordinateur.
Je regardai l'écran à nouveau. Paul avait raison, et je ne m'en étais même pas aperçu. Je fermai la page et soupirai.
- Je vais faire quoi chez moi ? Ressasser pendant des heures en me demandant comment se fait-il que j'apprenne à 30 ans que mon père, que j'ai toujours idolâtré, n'a en réalité rien à voir avec moi ?
- Je ne suis pas sûr que ça soit utile, effectivement.
- Bon. Alors je reste. Et puis Alan ne va pas tarder à arriver.
Paul s'installa sur un coin de mon bureau.
- Très bien, parlons d'autre chose dans ce cas. Qu'avez-vous prévu par cette belle journée ?
- On va manger ensemble et aller acheter une bague de fiançailles.
J'avais dit ça sans entrain, et il le remarqua.
- Ça a l'air de te réjouir !
- C'est que… Je n'en voulais pas, et Alan non plus, mais sa mère a encore une fois réussi à le convaincre que ça serait une bonne idée… Tu comprends, elle prévoit de me présenter à un certain nombre de personnes de leur famille lors du baptême de son petit-fils, et la décence veut que l'on n'exhibe pas sa future belle fille sans exhiber en plus la magnifique et chère bague de fiançailles. Le rêve quoi.

- Elle a l'air de décider beaucoup de choses à votre place, non ?
- A mon grand désarroi, effectivement…
Et quelque chose me disait que ce n'était pas près de s'arranger.
- Tu sais le pire dans tout ça ? Avouais-je, sur le ton de la confidence. C'est qu'avec toutes ces histoires, le mariage, mon père, la maison… J'ai envie de me remettre à fumer…
J'avais abandonné cette mauvaise habitude il y a des années, bien qu'il m'arrivât parfois d'en ressentir le manque. Mais la forte période de changements dans laquelle je me trouvais actuellement me donnait envie de reprendre. Je tenais tant bien que mal jusqu'à présent, n'ayant pas forcément envie qu'Alan connaisse mon ancienne manie.
- Tu plaisantes, j'espère ?! ria Paul. On a arrêté en même temps à la fin de notre première année de droit ! Tu ne peux pas me lâcher maintenant! Ma copine de l'époque nous avait même fait parier qu'on ne tiendrait pas…
- C'est vrai, je m'en souviens ! Elle avait dû nous payer le restau quand elle avait vu qu'on tenait la forme ! m'exclamai-je, nostalgique. Comment s'appelait-elle déjà ?
- Excellente question… Elle ne m'a pas laissé un souvenir impérissable…. Mais, au moins, grâce à elle, on est passé dans le clan des non-fumeurs. Et tu n'as pas intérêt à le quitter.
- Plus facile à dire qu'à faire !
- Tu n'as pas encore recommencé ? s'enquit-il.
- Non. J'ai juste acheté un paquet ce matin.
- Très bien. Donne-le-moi, dit-il en tendant la main.
- Quoi ? Non ! Ça m'aide à tenir de le savoir là !

- Bien sûr, fais-moi avaler ça. Donne-le-moi, répéta-t-il.
Je me levais de mon siège, pris mon sac, et fis mine de courir de l'autre côté de la pièce.
- Non, je le garde ! dis-je en riant.
- Alexandra, menaça Paul, en tentant de garder son sérieux, ton paquet…
Avant que j'eu le temps de réagir, il se jeta sur moi, et me souleva alors que j'essayais de garder mon sac contre mon ventre. Dans un éclat de rire, je le fis tomber par terre. Nous étions face à la porte quand celle-ci s'ouvrit sur Alan, pile à l'heure pour notre rendez-vous.

***

10 avril - 12 h 30

- Tu connais un magasin où il y a des bijoux qui te plaisent ? demandai-je à Alan.
- Non.
- Bon… On fait au feeling alors ?
- Si tu veux.
    Depuis vingt bonnes minutes, il ne décrochait pas plus de trois mots par phrases. Nous allions vers la rue marchande de la ville, espérant dégoter la bague qui conviendrait autant à sa mère qu'à nous. Au bout de quelques minutes, il se dirigea vers une première bijouterie et commença à observer les modèles qui s'y

trouvaient.
- Tu en penses quoi ? tentai-je en lui en montrant une.
Il haussa les épaules, sans répondre.
- Tu as décidé de ne pas me parler de l'après-midi ? lançai-je finalement.
- Tu faisais quoi avec Paul tout à l'heure ? dit-il brusquement en se tournant vers moi.
- Quoi ?
- Vous faisiez quoi tous les deux ?
- Rien, on... On s'amusait un peu, c'est tout. Pourquoi tu...
- Depuis que tu as appris pour ton père, coupa-t-il sans m'écouter, je n'arrive pas à te décrocher un sourire, et lui en deux minutes, il te fait éclater de rire ?
Il avait dit ça sans hausser le ton, mais je sentais qu'il essayait tant bien que mal de garder son calme.
- Je rêve ou tu me fais une scène de jalousie là?
- Absolument pas, je constate, voilà tout.
- Alan, ne commences pas ce jeu avec moi. Tu sais que je ne supporte pas. Paul est un ami. Point.
- Je ne joue à rien.
- Très bien. Parfait. Alors, allons acheter cette fichue bague et qu'on en finisse, dis-je énervée.
Je fis quelques pas vers une autre boutique et fis mine de m'intéresser à ce que j'avais sous mes yeux. Alan ne bougea pas, se tenant toujours quelques mètres derrière moi. Je me tournais vers lui.
- Qu'est-ce que tu fais ?
Il affichait un visage plus que fermé.
- Tu sais quoi ? dit-t-il d'une voix neutre. Prends celle que tu veux, ça m'est égal. Il faut que j'aille bosser. A ce soir.
Et sans un mot de plus, il me planta là et parti.

Vendredi 12 avril – 17 h 30

- J'ai reçu quelques appels pour la maison, tu veux qu'on s'y prenne comment pour les visites ?

Déjà dix minutes que ma sœur était arrivée, et elle faisait toujours comme si tout était normal.

- On peut faire un roulement par rapport à ton boulot et mes disponibilités, continua-t-elle, si cela te convient. Je peux être libre en début de semaine.
- Tu vas continuer à éviter le sujet encore longtemps ? demandai-je.

Frédérique referma l'agenda qu'elle tenait dans ses mains d'un coup sec.

- J'étais sûre que tu ramènerais ça sur le tapis.
- Ramener ça sur le tapis ? On parle bien de la même chose là ? Du fait qu'on vient de découvrir que notre père ne l'est pas en réalité et que nos parents nous ont toujours mentis ? Parce qu'à t'entendre, on dirait que j'en fais toute une histoire ! Ça te fait ni chaud ni froid ?

Elle commença à tapoter nerveusement son crayon sur son agenda. Elle avait exactement le même tic que moi.

- Bien sûr que si ça me touche.
- Eh bien, on ne dirait pas, remarquai-je.
- C'est juste que… Je ne sais pas du tout comment réagir.

- C'est pareil pour moi, Fred, tu te doutes bien ! Mais ce n'est pas en évitant le sujet que ça s'arrangera...
Elle commença à faire le tour de la pièce, pensive.
- Comprends-moi... Toi, au moins, tu peux en discuter avec Alan... Avec mon futur ex-mari, ce n'est pas vraiment notre sujet de prédilection...
- Oui, c'est sûr, moi, j'ai... Alan...
Apres notre dispute de la semaine dernière, nos rapports étaient encore tendus.
- Justement, repris-je, je me disais que cette histoire serait peut-être l'occasion pour nous deux de... Nous serrer les coudes, pour changer...
Elle hésita un instant, puis se planta devant moi.
-Tu sais, Alex, je sais que je n'ai pas été forcément une bonne sœur, et que je n'ai pas beaucoup été là pour toi... Je ne m'en suis rendu compte que récemment et je... J'en suis désolé. Je ne sais pas comment je suis sensée me comporter fasse à tout ça. J'ai réfléchi à ce que tu disais l'autre fois, à retrouver nos grands-parents, et notre vrai père...
- C'est un peu pour ça que je t'ai fait venir. J'ai vraiment envie de le faire.
- Je n'arrête pas d'y penser. Je crois que... Je crois que j'aimerais en savoir plus. Mais tu devrais te lancer là-dedans avec quelqu'un d'autre qui te serait d'un plus grand soutien que moi...
- Fred, tu plaisantes ? A part toi, je ne vois pas avec qui je pourrais faire ça ! On est sœurs jumelles ! Avec qui d'autre je pourrais partir à la recherche de mes origines?
- Je ne sais pas si...
- On s'en fiche de nos disputes, de nos querelles passées, o.k. ? On avait tort et raison toutes les deux sur des tas de choses, on a compris nos erreurs. Repartons sur de bonnes

bases, tu veux ?
Fred sourit timidement.
- Tu me pardonnes d'avoir parfois été une horrible sœur ?
- Si tu me pardonnes aussi la même chose.
Elle me serra dans ses bras, et j'eus l'impression de l'avoir retrouvée.
- Alors, par quoi on devrait commencer selon toi ?
- J'y ai réfléchis longuement. On n'a aucune information sur le nom de notre vrai père. Les parents de Maman doivent surement en savoir plus à son sujet. Seulement, elle ne nous a jamais parlé d'eux. On connait son nom de jeune fille, c'est déjà un début. J'ai voulu chercher les personnes portant le même nom qu'elle dans la région - si tant est qu'elle ne nous ait pas mentis sur ça aussi et qu'elle a vraiment toujours habitée par ici ; ce n'est pas un nom trop répandu. Mais je ne pense pas que ça soit une bonne idée de commencer tout de suite nos recherches par-là, c'est encore trop vaste, j'ai donc pensé garder ça en seconde option. Je me suis dit que pour commencer, on devrait vider la maison des parents, et chercher un peu dans leurs affaires. Papa n'a jamais eu le courage de la vider après la mort de Maman, on a donc nos chances de trouver quelque chose.
- Tu as vraiment pensé à tout !
- Je suis juste pragmatique, Alan me le répète assez.
- Tant mieux, ça va nous être utile.
Elle recommença à arpenter le salon, pour finalement finir par se retrouver devant le miroir accroché au mur.
- Tu crois qu'on l'a déjà rencontré ? questionna-t-elle. Que Papa le connaissait ?
- Je ne sais pas. Je n'y ai pas réfléchi…
- Peut-être même… qu'on lui ressemble un peu…
Elle rapprocha un peu plus son visage du miroir et se tut,

songeuse.

***

12 avril – 21 h 00

- Alexandra, tu en as pour longtemps ?
Ma sœur partie, je m'étais plongée dans un bon bain pour me relaxer et je n'avais pas entendu Alan rentrer. Sa tête passa dans entre la porte de la salle de bains.
- Tu veux la place ? demandais-je.
Il déclina la proposition et s'assit sur le rebord de la baignoire, avant de m'embrasser sur le front.
- Ça s'est bien passé avec ta sœur ?
- Plutôt bien. On a reparlé de notre vrai père. On a pris une grande décision.
- Laquelle ?
- On a décidé de se lancer à sa recherche.
- Vraiment ? Vous pensez que c'est une bonne idée ?
L'excitation que je ressentais depuis que l'on avait prit cette décision retomba un peu.
- Pourquoi pas ? Tu ne voudrais pas connaitre la vérité si c'était à toi que cela arrivait ?
- Je ne sais pas… J'aurais trop peur d'être déçu… Et puis avec les préparatifs du mariage en cours, la maison à mettre en vente… Tu crois que tu trouveras le temps ?
- Ça ne nous coute de rien d'essayer, tu ne crois pas ?

- Si tu penses pouvoir le faire, pourquoi pas !
Je fronçai les sourcils, un peu vexée qu'il ne me soutienne pas plus. Il avait dû s'en rendre copte, puisqu'il proposa aussitôt :
- Si tu as besoin de moi pour t'aider...
Je hochais la tête et plongeai ma tête sous l'eau. En remontant à la surface, Alan se tenait debout, un peignoir à la main.
- Bon, assez discuté ! Tiens, enfiles-ça, dit-il. Il est temps de passer à table.
- Je n'ai rien préparé, il faudrait que l'on commande un truc et...
- Je me suis occupé de tout. Suis-moi.
Dans le salon, un joli repas nous attendait. Alan avait dressé la table tant bien que mal – ce genre de chose n'était notre fort ni à l'un ni à l'autre. Un bouquet de fleurs et un cadeau m'attendaient devant mon assiette. Je regardais Alan, qui me tendis le paquet et me fis signe de l'ouvrir. La boite était petite et je pensais y trouver une bague. Au lieu de ça, je découvris un fin collier avec un petit diamant en son centre.
- Tu reconnais la pierre ? Demanda Alan.
- C'est celle de ma bague ! m'exclamai-je immédiatement. Celle que j'ai perdue ! Alan, comment...
- Je suis juste allé dans la même bijouterie, celle où j'avais acheté ta bague, et je leur ai montré une photo que j'avais réussi à dénicher de toi la portant. Regarde au dos.
Je retournais le collier, et découvrais que nos deux initiales s'y trouvaient, joliment entrelacés.
- Je voulais faire rajouter une date, mais vu la grosseur du diamant, c'est tout ce qu'ils ont pu faire.
- Alan, c'est parfait.
- Puisque tu ne voulais pas d'une autre bague, je me suis

dit que ce collier permettrait d'avoir quand même quelque chose s'y rapprochant. Simple et portable au quotidien, expliqua-t-il en me le mettant.
- Très bon choix, dis-je en me regardant dans le miroir.
Il m'enlaça.
- Alex, je voulais m'excuser pour la fois dernière, j'ai été idiot. Je sais bien qu'il n'y a rien entre toi et Paul. Ça faisait plusieurs jours que je te voyais triste à la maison, et j'avoue que ça … m'embêtais de le voir arriver à te rendre le sourire.
- Tu es tout excusé, vraiment, dis-je en me regardant encore une fois dans le miroir. Ce collier… C'est tout à fait moi.
Et pour lui prouver ma bonne foi, je l'embrassais longuement.
- Mais, mon cher petit fiancé, j'y pense, que diras votre mère quand elle verra que je n'ai finalement pas de bague de fiançailles ?
Il prit un air étonné, haussa ses sourcils et conclus :
- Depuis quand c'est ma mère qui décide ?

3

Alexandra
Samedi 20 avril

Premier jour de recherche avec ma sœur. Nous avons commencé aujourd'hui à vider la maison des parents, traquant la moindre information sur eux et sur nos origines. Nous y avons passé l'après-midi, Frédérique fouillant dans leurs vieilles affaires, et moi cherchant des traces de notre famille sur le net. Pour le moment, c'était sans succès, mais nous ne désespérions pas.

Alan
Lundi 29 avril

Depuis qu'Alexandra avait entrepris de retrouver son vrai père, elle passait la plupart de son temps avec sa sœur. Quand elle n'était pas au travail et qu'elle trouvait cinq minutes à m'accorder, elle avait alors l'esprit ailleurs. Pourtant, je voyais bien qu'elle avait un peu retrouvé le sourire au contact de sa sœur, et j'espérais sincèrement que cela perdurerait et qu'elles finiraient par trouver ce qu'elles cherchaient… Même si au fond, je continuais à croire que c'était peine perdue.

Alexandra
Jeudi 9 mai

Nous avons déjà vidé le sous-sol et le premier étage, mais nous n'avons pas encore attaqué le grenier, lieu où j'avais trouvé la lettre. Nous n'avons toujours rien découvert de concret, mais je gardais bon espoir.
Les visites de la maison avaient commencé, et quelques personnes s'étaient montrées intéressées. Les propositions d'achat n'allaient pas tarder à arriver, il fallait donc que l'on mette la main sur quelque chose rapidement.

Alan
Samedi 18 mai

En ce moment, ma mère ne cesse de me harceler à propos des préparatifs du mariage, qui arrive à grand pas. On est loin d'être prêt, mais Alexandra ne semble pas vraiment s'en soucier.

Hier soir, Emma et Jérôme sont venus manger à la maison. Alexandra est arrivée en retard, et a passé la soirée à parler de ses recherches et de ses parents. J'ai essayé au début de ne rien laisser paraitre, et ai voulu lui faire comprendre –maladroitement, surement - que nous voulions discuter d'autre chose. Nous avons plus ou moins fini par nous disputer, et nos hôtes sont partis en milieu de soirée.

Alexandra
Vendredi 24 mai

Frédérique a trouvé une autre lettre dans le grenier. Cette après-midi, j'étais sensée partir en week-end dans la famille d'Alan, accompagné de Mo'. Avant ça, comme à chaque fois que j'avais du temps, je m'étais rendue chez mes parents. En arrivant, Fred était déjà là. Elle m'attendait, un papier à la main, et le sourire aux lèvres. Elle avait découvert une nouvelle lettre dans une des armoires de la pièce. Ecrite de la main de notre mère, à destination de ses parents, jamais transmise elle non plus. Sur l'enveloppe, il y avait une adresse. L'adresse de nos grands-parents.

Nous avions tout de suite décidés avec ma sœur de nous y rendre, leur domicile se trouvant à une heure d'ici. J'avais appelé Alan pour le prévenir de ce contretemps, et bien que j'aie promis de faire au plus vite, il ne semblait pas particulièrement ravi de ma trouvaille.

***

Alan
24 mai

Des semaines que ce week-end est programmé, et elle trouve un moyen de se défiler au dernier moment.
Ma mère ne cesse de me demander ce que fait Alexandra. Elle m'avait promis d'arriver vers 17 heures au plus tard.

Il fait bientôt nuit, et je n'ai aucune nouvelle d'elle. Super.

Alexandra
24 mai – 22 h 55

- C'est fini, Fred. J'arrête. C'est peine perdue.
 Les mains crispées sur le volant, je roulais sans vraiment me soucier de la vitesse. Ma sœur, qui se tenait tant bien que mal à son siège, essayait de me calmer.
- Ce n'est qu'une déconvenue de plus, Alex… Peut-être que Maman a gardé d'autres lettres et qu'on ne finira par…
- Ils sont morts, Fred ! Morts ! Tu comprends ce que ça veut dire ?
- Si tu continues à cette allure, c'est nous qui allons bientôt y passer. Ralentis, s'il te plait.
Je m'exécutais finalement, et finis par me garer sur le bas-côté de la route. J'arrêtais le moteur, fatiguée.
- C'est complètement surréaliste. C'est comme si l'univers entier ne voulait pas que l'on sache d'où on vient.
- Tu ne peux pas dire ça, on aura quand même appris quelques petites choses sur eux et sur Maman…
- Super, à quel prix ! On est bien avancées…
Notre excursion de l'après-midi n'avait en effet rien donné. Pire même, elle nous laissait encore plus

désemparées que ce matin.

En arrivant à l'adresse indiquée sur l'enveloppe, nous étions tombés sur un couple de personnes âgées. Nous avons cru un instant, pleines d'espoir, qu'ils pourraient être les personnes que nous cherchions... Mais ce n'était pas nos grands-parents. Cependant, lorsque nous nous étions présentés, que nous avions dit notre nom de famille – ou plutôt celui de notre mère – la vieille dame avait étouffé un cri du surprise, et son mari nous avez immédiatement proposé d'entrer. Autour d'un café, ils nous avaient tout expliqué.

Notre mère et ses parents avaient d'abord vécus des années à Paris, puis avait déménagé dans la région à son adolescence. Ils étaient venus habiter dans le sud, et avait acheté la maison voisine à celle de nos hôtes. Ils étaient devenus amis et pendant de nombreuses années, leurs deux familles avaient vécus à quelques mètres l'une de l'autre. Notre mère, fille unique, ne supporta pas la vie calme à la campagne que ses parents avaient voulu lui offrir, « pour son bien » selon eux. Leurs rapports étaient devenus de plus en plus compliquée, et notre mère avait fini par être envoyée dans une pension, située dans la région parisienne. Ce qui avait semblé être une bonne idée au début... si notre mère n'avait pas enchainé les mauvaises fréquentations avant de se faire expulser à plusieurs reprises. Puis, en rentrant chez elle pour les vacances, en mars 1980, ses parents l'avaient trouvé changée, et les rumeurs avaient commencées à apparaitre dans le village... Notre mère était en réalité enceinte, de quatre mois, et avait essayé de cacher son état à ses parents en se camouflant dans d'immenses pulls. Le père des bébés – puisqu'ils y avaient deux – était un de ses petits-amis parisiens, que personne ne vit jamais, et dont

ma mère refusa toujours de parler. De nombreuses disputes plus tard, notre mère, qui était sensée retourner dans sa pension afin de terminer son année d'études avant son accouchement, n'y retourna jamais et ne donna plus de signe de vie à ses parents pendant de longues années. Elle ne revint qu'environ cinq ans plus tard, accompagnée d'un homme – qui selon la description devait être Charles, notre père… adoptif. Il l'avait encouragé à reprendre contact avec eux afin qu'ils connaissent enfin leurs petites filles et peut-être oublier un peu les querelles du passé. La rencontre s'était semble-il à peu près bien passée, et les grands-parents avait été invités à venir chez nous… Et nous aurions certainement pu les rencontrer s'ils n'avaient pas eu un accident de voiture sur le chemin de la maison de leur fille, sur une petite route de la campagne. Leur maison revenait naturellement à notre mère, mais trop triste pour en faire quoique ce soit, elle l'avait revendu aux voisins, chez qui nous étions donc aujourd'hui.
Tout ça… Pour ça.
- Tout les gens de notre famille sont morts, repris-je. On dirait un conte triste écrit par Dickens.
- Je ne crois pas qu'Oliver Twist avait une sœur jumelle.
- Chouette, on est sauvée.
Nerveuse, je ressentis le besoin de sortir de la voiture pour respirer un peu. L'air frais me fit du bien mais ne m'aida pas à reprendre mes esprits. Frédérique me rejoignit une minute plus tard, tandis que je m'adossais à la voiture.
- Qu'est-ce qu'on fait maintenant ? Pour nos grands-parents, on laisse tomber, mais pour notre père ?
- Qu'est ce tu vas qu'on fasse ? demandai-je. Les voisins de nos grands-parents l'ont bien dit, personne n'a jamais su qui était le mec qui avait mis Maman enceinte. Et

même si elle l'avait dit à ses parents, comment vérifier ?
- Et si elle l'avait dit à Papa ? Elle l'avait peut-être écrit dans une autre lettre ? Il l'avait bien poussé à reprendre contact avec ses parents, qui dit que ce n'est pas lui qui l'a incité à nous dire toute la vérité ? Peut-être qu'en continuant à chercher dans la maison, on trouverait encore quelque chose ?
- Ça fait beaucoup de peut-être Fred.
- C'est vrai, mais c'est tout ce qui nous reste.
Je ne parus pas convaincue.
- On aurait pu avoir des grands parents, on aurait pu avoir une mère en bonne santé qui ne meurt pas à même pas trente ans, on aurait pu avoir des parents qui prennent le temps d'arrêter de mentir avant de disparaitre... Je suis fatiguée, Frédérique, c'est trop pour moi.
- Alexandra, s'il te plait, je veux encore essayer... Encore un peu. On trie leurs affaires, on vend la maison, et si on ne trouve rien jusque-là, on laisse tomber. D'accord ?
Elle me regarda, suppliante. Dire qu'il y a quelques semaines, c'était moi qui voulais à tout prix entreprendre ces recherches... Après tout, c'était un peu à cause de moi qu'on en était là.
- O.K Fred, on tente encore. Je te dois bien ça. Grimpe dans la voiture, je te ramène, Alan doit m'attendre.

***

Alan
Samedi 25 mai – 00 h 27

Minuit et demi… Mais qu'est-ce qu'elle fiche, bon sang ?
Encore une fois incapable de dormir, j'avais décidé d'aller faire un tour dans la cuisine. La maison était endormie, et comme pendant mon adolescence, j'avais dû descendre les escaliers en faisant bien attention de ne pas faire grincer les marches. Même après toutes ces années, j'avais été plutôt content de constater que je n'avais pas perdu la main.
A présent, je tournais plus ou moins en rond dans la pièce. J'avais sorti tout un tas de nourriture des placards que je n'avais au final pas touché, et j'essayais de m'occuper l'esprit en travaillant sur un de mes projets architectural en cours. Alexandra m'avait envoyé un simple texto il y a une heure, pour me dire qu'elle était sur la route. Elle n'avait rien dit de plus.
Je tentais vainement de me concentrer sur mon projet quand j'entendis un toussotement dans mon dos.
- Tu viens chaparder dans les placards pendant que maman dort ? dit ma sœur en piquant dans l'assiette de chips que j'avais laissé trainé là.
- Je n'arrivais pas à dormir, alors je suis descendu travailler un peu. Et toi ?
- Pareil. J'ai perdu l'habitude de dormir seule, je suis venue faire un tour ici aussi.
Samantha était montée chez notre mère seule, ses deux enfants étant restés en ville avec Stéphane, son mari depuis trois ans.
- Tu veux que je nous fasse un lait chaud ? Maman nous en préparait souvent, ça pourrait nous aider à trouver le

sommeil…
Le souvenir de cette boisson me fit saliver.
- Avec du miel ?
- Je n'ai pas l'habitude d'en faire avec, mais je peux essayer.
Elle se dirigea vers la plaque de cuisson, et commença à s'affairer.
- Alexandra n'est pas encore arrivée ?
- Non. Je suppose que ce n'est plus qu'une question de minutes…
- C'est pour ça que tu n'arrives pas à dormir ?
- Peut être.
- Qu'est-ce qu'elle faisait exactement aujourd'hui ? Je n'ai pas bien compris.
- Tu n'es pas la seule… Sa sœur a fait je ne sais quelle nouvelle découverte sur leurs parents, et elles sont parties je ne sais où pour en savoir plus. Dire qu'elle m'avait promis qu'on consacrerait ce week-end au mariage…
- On peut comprendre qu'elle ait eu envie d'en savoir plus…
Je haussai les épaules. Ma sœur versa le lait chaud dans deux tasses, puis fit couler un peu de miel dedans.
- Qu'est-ce que tu fais ? demandai-je.
- Je te rajoute le miel, comme tu voulais. Tu n'en veux plus ?
- Si, mais ce n'est pas comme ça que fais Maman ! Elle prend le miel avec une cuillère, puis elle la plonge dans la tasse ! Toi tu fais n'importe quoi, ce n'est pas pratique !
Elle souffla, pris une cuillère, et me la tendis.
- Voilà, tiens, je te laisse faire ! Pour en revenir à ce que je disais, ça ne t'intéresse pas ce qui arrive à Alexandra ?
- Si… De toute façon, elle en parle constamment. Difficile de ne pas m'y…

Je ne pus terminer, car elle me donna une tape derrière la tête.
- Aie ! Pourquoi tu as fait ça ?
- Tu m'agaces, Alan. On dirait un gosse, doublé d'un idiot. Pour le premier point je savais que tu avais des prédispositions, mais j'avais encore un peu d'espoir pour l'autre.
- Qu'est ce qui me vaut ces jolis qualificatifs ?
- Ta future femme vit actuellement un changement majeur dans sa vie, et ne crois pas que je te flatte, car je ne parle pas de votre futur mariage. Elle apprend que son père n'est pas celui avec qui elle a grandi, celui qu'elle admirait, et que ses parents avaient de gros secrets. Et toi, tu ne l'a soutiens même pas.
- Bien sûr que je la soutiens ! Je fais tout ce que je peux pour être aux petits soins, mais elle est toujours ailleurs ou alors complètement éteinte !
- Toi, aux petits soins, laisse-moi rire ! Tu n'es même pas capable d'apprécier quand ta sœur te prépare un lait chaud !
La porte de la cuisine s'ouvrit, et nous fit sursauter. Alexandra, les traits tirés, entra.
- Vous allez finir par réveiller tout le monde si vous continuer comme ça
- Alex ! Tu es enfin là !
Elle bailla, et s'assit en face de nous. Elle semblait vraiment fatiguée.
- Excuse-moi, Al, pour le retard. Salut Sam.
- Tu as une petite mine, Alexandra, s'inquiéta ma sœur. Ça va ?
- Oui… Je crois… La journée a été longue… Je vais aller me coucher. Alan. Pour demain, je sais que j'avais promis à Lili qu'on irait faire le tour des boutiques de robes de

mariées, mais je me demandais si tu pouvais lui demander qu'on décale de quelques heures… Je suis extenuée, je pense ne pas arriver à me lever tôt et je ne voudrais pas que ta mère se prépare pour rien.
- Je verrais avec elle, mais tu sais bien que Maman n'aime pas qu'on modifie ces journées… Elles sont toujours planifiées à l'avance et…
Samantha me coupa.
- Alan, je suis sûre que Maman comprendra.
- Surement, mais je trouve dommage de modifier la journée de tout le monde parce qu'Alexandra est arrivée plus tard que prévu, alors que ce week-end a été planifié il y a des semaines. Et puis Morganne était tellement contente d'aller choisir sa tenue…
- Ok, Alan, oublie ce que j'ai dit.
Alexandra se leva et se dirigea vers la porte. Ma sœur me lança un regard exaspéré ; j'essayai alors d'être un peu plus prévenant.
- Attends Alex, tu… tu as appris quelque chose sur ta famille cet après-midi ?
Lasse, elle répondit d'une voix neutre.
- Oh, trois fois rien. Mes grands-parents sont morts. Bonne nuit.
Vingt minutes plus tard, lorsque je montais dans ma chambre, Alex me tournait le dos et s'était déjà endormie.

Alexandra
25 mai – 10 h 38

- Je déteste cette robe de mariée.
La vendeuse respira longuement.
- C'est un modèle un peu retro, mais assez classique, comme vous l'avez deman…
- J'avais dit un peu retro, pas vieillot, répondis-je sèchement.
Je me regardai encore une fois dans la glace du magasin, perplexe. La robe que je portais se composait d'un bustier, brodé de perles, et un jupon qui comportaient plusieurs épaisseurs de tulle. Elle n'était pas affreuse en soi, mais elle était vraiment… Trop, pour moi. Samantha me tourna plusieurs fois, cherchant quelque chose à dire.
- Elle est magnifique pourtant ! Elle vous va à ravir, dit Lili. Samantha, Morganne, qu'est-ce que vous en dites ?
- Elle est peut-être un peu trop bouffante, tenta ma belle-sœur.
- On dirait une poupée, s'exclama Morganne.
- Une poupée, c'est charmant ! Vous voyez ! C'est bon signe !
- Mo' déteste les poupées, dis-je en retournant dans la cabine d'essayage.

- Ah.
J'entendis Samantha étouffer un rire. J'enlevai la robe, et la tendis à la vendeuse.
- Elle ne me plait pas, c'est tout. Ce n'est pas moi.
Lili avisa d'autres modèles, et en passa un à travers le rideau de la cabine.
- Et celle-là, qu'en pensez-vous ?
Je ne pris pas la peine d'ouvrir la bouche, me contenant d'hausser les épaules.
- Maman, dit Samantha, Alexandra a détesté les cinq dernières robes que tu lui as proposées. On devrait simplement laisser tomber pour aujourd'hui...
- Mais toutes les robes ici sont superbes !
- De toute façon, lançai-je en sortant de la cabine, je vous ai dit que je ne voulais pas d'une robe longue, et il n'y a que ça. A quoi bon continuer ici ?
- Très bien, alors je connais un autre magasin, pas très loin, Je suis sûre qu'en cherchant encore...
- Non, Lili ! m'énervai-je. Je n'ai pas envie de passer mon après-midi à tester des tenues qui vous plairont à vous ! C'est si difficile à comprendre ?
Je saisis mon sac, m'assis sur les marches devant la boutique et en sortis une cigarette. J'avais finalement fini par reprendre, comme si nous n'avions pas encore assez de sujet de dispute Alan et moi. La cloche de la porte d'entrée tinta dans mon dos, et Morganne s'installa près de moi.
- Grand-mère dit que tu dois être très fatiguée et que c'est pour ça que tu es de mauvaise humeur.
- Elle n'a pas tort.
Je tirais sur ma cigarette et Morganne posa sa tête sur mon épaule.
- Papa doit avoir besoin de se reposer, il est souvent

énervé lui aussi. Vous êtes plus triste tout les deux.
- Tu trouves vraiment ?
- Oui. J'aimais bien venir chez Papa, parce qu'on s'amusait tout le temps, mais maintenant, vous riez presque plus.
Je l'entourais de mes bras.
- Ça nous passera, Mo', ne t'inquiète pas.
- Je n'aime pas vous voir comme ça, dit-elle d'une toute petite voix.
- Moi non plus, chérie, moi non plus.

***

Alan
25 mai – 12 h 20

Lorsque ma mère et les filles rentrèrent à la maison, Alexandra se refugia presque instantanément dans notre chambre, sans un mot. Ma mère m'expliqua qu'elles n'avaient rien trouvé dans la boutique de mariée, qu'Alexandra semblait à bout de nerfs et que je devrais vraiment me soucier un peu plus d'elle. Elle me parla aussi brièvement des mots que ma compagne avait eu à son égard en me priant de ne pas lui en tenir rigueur. En rejoignant Alex à l'étage, je la trouvais assise sur notre lit, le visage entre ses mains.

- Alexandra, je viens de discuter avec ma mère à l'instant, et ...
Elle releva la tête dans ma direction, et je remarquai que ses yeux étaient rouges.
- Tu te sens bien ? demandai-je, inquiet.
- Je suppose que ta mère ta raconté ce qui s'est passé dans le magasin ?
- Euh... Oui...
Son ton sec me surpris.
- J'avoue que je ne comprends pas trop pourquoi tu t'es énervée.
- Je t'avais dit hier que j'étais fatiguée Al. Je savais que cette séance d'essayage se passerait mal.
- Peut être. Mais ma mère n'y est pour rien... Tu sais qu'elle t'adore, elle pensait vraiment te faire plai...
- Me faire plaisir. Je sais Alan. Tu devrais changer de rengaine, lâcha-t-elle en se levant.
Je sentais son agacement, mais je m'efforçai de rester calme.
- Elle ne pouvait pas savoir que rien ne te plairait.
- J'ai répété une quinzaine de fois que je ne voulais pas de robe longue ou bouffante pour mon mariage. Elle m'a emmené dans un magasin qui n'avait absolument rien à voir avec mes gouts.
- Elle aurait surement compris si tu lui avais expliqué calmement, je suis sûr que...
- Je lui ai dit une quinzaine de fois, Alan ! s'emporta-t-elle. Mais quoique je dise ou que je fasse, ce n'est jamais assez bien pour mon propre mariage ! Rien de ce qu'on voulait au départ ne lui convient !
- On en a déjà parlé Alex... On était O.K pour lui accorder quelques petites choses, non?

- Justement, j'aimerais bien que tu me réexpliques pourquoi je dois absolument répondre aux demandes de ta mère ! C'est ta mère que tu épouses ?!
- Non, mais je suis son fils et…
Elle balaya ma phrase de la main, et s'énerva encore plus.
- Evidemment, tu n'as jamais su lui dire non ! Je te rappelle quand même que tu étais de mon côté au début !
- C'est toujours le cas… Mais je te le répète, ma mère essaie juste de se rendre utile.
- Oui, elle est adorable avec moi, je ne peux pas lui en vouloir. Mais il y a des limites Alan, et tu le sais très bien. On a changé de date, de déco, de lieu, on a acheté une bague de fiançailles… et tout ça parce qu'elle le voulait ! Et je ne peux rien lui dire, justement parce que ça part d'un bon sentiment et que tu lui passes tout ! Depuis le début tu es sensé dire quelque chose, réagir… et rien ! Résultat, c'est moi la fautive !
Elle se laissa retomber sur notre lit. Je tentais de l'apaiser, mais je n'y parvins pas.
- Mon cœur… On devrait reparler de ça plus tard. Tu as raison, tu es épuisée.
Tout en lui parlant, je lui pris les mains, mais elle les retira aussitôt.
- Non, il faut en parler maintenant. On a un vrai problème Alan.
- Je comprends que les préparatifs du mariage puisse te stresser mais…
Elle se tourna vers moi, et planta son regard dans le mien.
- Alan, j'ai bien réfléchi… Je… Je crois qu'on devrait reporter le mariage.
Je m'attendais à tout, sauf à ça.
- Quoi ? Pourquoi ?!

- Je ne suis pas sûre de vouloir… commença-t-elle, hésitante.
- Pas sûre de quoi ? De vouloir devenir ma femme ?
- Non, Alan, c'est que… Je ne veux pas qu'on se marie comme ça, dans ses conditions…
- Tu plaisantes ? Dis-moi que tu plaisantes ! Le mariage est prévu dans à peine trois mois ! dis-je excédé.
- Alan, essaie de comprendre, tout est allé si vite, ta mère s'est rapidement emporté et … Avec tout ce qui me tombe dessus ces derniers temps…
A présent, c'était elle qui essayait de me calmer.
- Mais tu étais consentante, on ne t'a pourtant pas forcée ! Ou alors je ne m'en suis pas rendu compte !
- Non, mais il n'y a pas que ça… Toute cette histoire avec mes parents qui me travaille me fait douter et…
Je m'étais retenu de donner mon avis sur ce sujet depuis des mois, mais cette fois ci, c'était peine perdue.
- Ton père, encore ton père, j'aurais dû le savoir ! Tu ne penses qu'à ça, tu n'as que ça à la bouche !
Elle fronça les sourcils et s'éloigna.
- Alan, tu peux comprendre non ? Je viens en plus d'apprendre que je ne rencontrerai jamais mes grands-parents !
- Mais tu ne les as de toute façon jamais connus ! Et tu vivais très heureuse quand tu pensais que Charles était ton vrai père ! Qu'est-ce que ça change dans au fond ?
- Tout, Alan. Je ne sais plus qui je suis.
Elle se détourna un moment, puis elle reprit :
- Si tu penses que ça a si peu d'importance, dis-moi comment aurait tu réagis à ma place ?
- Je n'en sais foutrement rien Alex. Moi, je pense à nous ! A nous dans tout ça ! Tu y songes de temps en temps ?

- Oui ! C'est justement pour ça que je pense que ce n'est pas le bon moment pour nous marier !
On criait tous les deux à présent. Je n'arrivais pas croire qu'on en soit arrivé là. Incapable de penser, je lâchais sans réfléchir :
- C'est à cause de Paul, c'est ça ?
Elle se raidit, sans comprendre.
- Quoi ? Mais qu'est-ce qu'il vient faire là-dedans ?
- Rien, laisse, je n'ai rien dit.
Je regrettais déjà d'avoir prononcé son nom.
- Alan, tout le monde se mêle déjà de notre histoire et de ce mariage. N'y mêle pas Paul en plus.
Nous restâmes sans dire un mot, tous les deux, pendant un instant, perdu dans nos pensées. Puis, faiblement, Alexandra murmura :
- Tu me reproches de ne pas penser à nous, c'est faux. C'est ce que j'essaie de faire, là. Je ne veux rien annuler. Juste reculer le mariage... Pendant... Un certain temps... J'en ai besoin, Alan.
Que répondre à ça ?
- Très bien. Je ne peux pas t'obliger à m'épouser si tu n'en a pas envie. Je pensais juste que tu m'aimais plus que ça.
- Mais ça n'a rien à voir avec l'amour que j'ai pour toi, Alan...
- Si, Alexandra. Pour moi, ça l'est.

4

Alexandra
Mardi 28 mai – 19 h 40

    Plus qu'un dernier dossier, et je m'accorderais une pause. A cette heure-ci à l'agence, tout le monde était parti. Il ne restait que Paul et moi, travaillant chacun de notre côté. Au moment où je m'apprêtais à regarder mon téléphone pour connaitre l'heure qu'il était, il se mit à vibrer. C'était Alan.
- Allo ?
- Tu penses rentrer bientôt ? demanda-t-il sans me saluer.
- J'aimerais finir quelque chose avant de rentrer... Je ne sais pas combien de temps cela va me prendre.
- Tu vas encore passer la soirée au bureau, je suppose ? continua-t-il, toujours aussi froidement
- Je ne sais pas Alan, répétais-je, tentant de cacher mon exaspération. Par contre, c'est certain que si je passe plus de temps au téléphone qu'à travailler, je ne pourrais jamais rentrer...
- Ravi de constater que je te dérange quand je t'appelle.

- Je n'ai pas dit ça... Je t'envoie un message quand je m'en vais du bureau, ça te va ?
- Fais comme tu veux. A plus tard.
Je raccrochais, lasse.
 Depuis le week end chez la mère d'Alan, nous n'avions plus reparlé d'annuler le mariage, et j'avais laissé Lili en faire à sa guise. Je n'avais plus la force de m'énerver. Nous évitions ce sujet à la maison le plus possible et je faisais constamment attention de ne pas parler de mon père sous peine de le voir lever les yeux au ciel. En fin de compte, nous ne nous parlions presque plus.
 De frustration, je fis un geste brusque et la pile de documents qui se trouvait rangés dans un dangereux équilibre au bord de mon bureau tomba par terre.
- Et merde !
Paul, alerté par tout ce bruit, enleva les écouteurs qu'il avait dans les oreilles et me regarda.
- Et bien, qu'est-ce qu'il t'arrive ?
- Rien, tout va bien, tout est parfait, dis-je nerveusement en me penchant pour tout ramasser.
Il se glissa derrière moi pour m'aider dans mon rangement.
- Dis-moi, depuis quand tu n'as pas pris le temps de te reposer ? s'enquit-il.
- Je ne sais pas... Un millier d'années peut être ?
Il sourit et s'assit sur le fauteuil en face de moi.
- Tu veux parler ?
- Non... Je passe ma vie à parler, discuter, m'expliquer ces derniers temps. Avec tout le monde. Je suis fatiguée.
- Oh, si tu veux, je peux te parler de moi ! J'ai un tas d'histoires fascinantes à mon actif ! Tiens, si tu veux, je t'invite au restaurant, tu manges et je parle.

Je pensai à Alan. Je n'avais aucune envie de rentrer, car je savais que nous passerions la soirée à nous disputer, ou à nous éviter. Je voulais juste arrêter de penser, et c'était la seule chose dont j'étais à peu près certaine à ce moment-là.
- Je n'ai pas très faim… Et pas très envie de sortir.
- Compris. Je commande des sushis alors.
- Je déteste ça.
- Je sais.
Et avant d'avoir eu le temps de protester, il était déjà en train passer sa commande.
Mon téléphone se remit à vibrer, et le nom d'Alan se réafficha à l'écran. Je refusais l'appel, fis partir un message pour le prévenir que je rentrerais tard et qu'il ne devait pas m'attendre, puis je glissai l'appareil dans mon sac.

***

28 mai – 23 h 25

La soirée avait filé à grande vitesse. Nous avions passé notre temps à ressasser nos vieux souvenirs de la fac, et à rire de tout et de rien. Nous avions improvisé un repas sur la table de réunion et Paul avait dégoté une bouteille de vin qui devait nous rester de l'inauguration de notre agence, que nous avions passablement descendue.

- Tu sais que quand on était en droit, lançais-je en fin de soirée, je te trouvais plutôt pas mal dans ton genre ?
- Oui, je sais, j'ai toujours été irrésistible, répondit-il le plus sérieusement du monde.
Je ris bêtement en me balançant en arrière, si bien que je faillis tomber de ma chaise.
- Tu crois qu'il aurait pu se passer quelque chose entre nous ? demandai-je innocemment.
- Quand je t'ai connu, tu étais déjà avec Samuel.
- C'est vrai. Mais… Si j'avais été célibataire ?
Paul me regarda, un léger sourire en coin.
- Eh bien… Je suppose que si nous avions été célibataire au même moment, peut-être qu'il aurait pu se passer quelque chose.
- Peut-être ?
- Oui, c'est même… fort probable. T'es pas mal non plus, dans ton genre.
Il se tut et se servit un nouveau verre de vin. Je le regardais pensive. Quelle aurait été ma vie si je n'avais pas épousé Samuel ? Je n'aurais probablement jamais rencontré Alan… Alan. Notre couple me semblait si loin tout à coup.
En face de moi, Paul essayait pour la énième fois d'utiliser des baguettes pour manger ses sushis. Il y parvint avec difficulté, si bien que du riz resta collé au coin de sa bouche. Je me remis à glousser.
- Quoi ? dit-il en souriant. Qu'est-ce que j'ai fait ?
Je me levais et fis le tour de la table.
- Viens par-là, tu t'en es mis partout, dis-je en prenant un grain de riz et en lui montrant.
Je me trouvais maintenant à quelques centimètres de lui. Paul n'était pas forcement mon type. Il était pourtant plutôt bel homme, et même si je refusais de me l'avouer,

chacun de ses sourires me faisaient fondre. Sans réfléchir, je m'approchais encore, et je l'embrassais. Quelques secondes plus tard, je reculais. Il me dévisageait, les sourcils froncés et l'air hébété. Personne ne parla, pendant un bref instant. Puis, sans que j'eus le temps de m'en rendre compte, je l'embrassais à nouveau et lui déboutonnait sa chemise.

Qu'est-ce que j'étais en train de faire ?

Mercredi 29 mai – 8 h 00

Je tendis le bras en direction de ma table de nuit, comme d'habitude. Dans un demi-sommeil, j'entendais mon téléphone sonner l'heure du réveil, mais la musique me semblait beaucoup moins forte que d'habitude. Pourquoi est-ce que je n'arrivais pas à l'attraper ?
J'ouvris les yeux pour y voir plus clair. J'avais le soleil en plein dans l'œil ; j'eus le réflexe de lever la main pour me protéger, mais quelque chose me bloqua. J'avais mal au dos, j'étais très mal installée, et je mis une bonne minute à comprendre que je me trouvais sur le canapé de mon agence, qui était installé face à la baie vitrée. C'était Paul, couché derrière moi, qui m'empêchait de bouger, ses bras autour de moi.
Prise de panique, je me levais brusquement, lui donnant un coup dans l'épaule au passage. Je constatai avec effroi qu'il était torse nu, et que moi-même je me trouvais en soutien-gorge.
- Aïe ! cria-t-il en se frottant le bras sur lequel je venais de taper. T'as pas trouvé plus sympathique comme façon de me réveiller ?
- Paul, dis-moi qu'on a rien fait, dis-je affolée, je t'en supplie, dis-moi qu'on a rien fait !

- Tu ne veux pas parler un poil moins fort ? lança-t-il en se frottant la tête. Je crois que j'ai trop bu…
- On a fait une grosse connerie, une énorme bêtise, gémis-je en cherchant frénétiquement mes affaires.
- Mais non…
- Comment ça non ? Ce n'est pas une erreur selon toi ?
- Alex… souffla-t-il, en se redressant.
- Je vais me marier et je passe la nuit avec un autre ! Je perds la tête !
- Alex, tu veux bien la fermer et m'écouter ? On n'a pas couché ensemble !
- Quoi ?
- Il ne s'est rien passé ! On était sur le canapé, on s'embrassait, puis tu as dit un truc du style "je ne peux pas faire ça". Ensuite l'alcool aidant, tu t'es assoupi en deux secondes. Je me suis endormi juste après.
- On n'a rien fait ? répétai-je pleine d'espoir ?
- Non. C'était même assez pathétique. L'alcool, sans doute… Mais je pense que c'est bien mieux comme ça. Je t'aime beaucoup Alex, mais je n'ai aucune envie d'être un briseur de couple.
Instantanément, la boule qui commençait à se former au creux de mon estomac s'estompa.
- Dieu soit loué ! Si je pouvais, je t'embrasserais !
Il recula, les mains en avant.
- On va peut-être éviter, du coup !
- Euh… Oui, oui, tu as raison !
Je consultais ma montre, 8h23.
- Alan a dû m'attendre toute la nuit, m'exclamai-je, en fouillant mon sac. Gagné, j'ai dix appels manqués… Qu'est-ce que je vais bien pouvoir lui dire ?…

- Tu l'appelleras plus tard, ton assistante va ne pas tarder à arriver. Et je pense qu'il vaut mieux qu'elle évite de voir tout ce désordre... Et nous dans ces tenues !
- Tu as raison.
Des cadavres de bouteilles et d'emballages de sushi de la veille trainaient un peu partout. Paul alla dans la cuisine chercher le balai, tandis que je me baissais pour ramasser sa chemise qui trainait à mes pieds. A cet instant, j'entendis le bruit d'une clé dans la serrure. Avant que je puisse faire quoique ce soit, mon assistante entra. Suivi d'Alan.
Ce fut très bref. Il me regarda, puis regarda la chemise d'homme que je tenais entre les mains. Paul refit son entrée en sifflant, évidement toujours torse nu. Quand Alan le remarqua, l'expression que pris son visage m'était totalement inconnue. C'était un mélange de colère et de profonde déception, qui me brisa le cœur. Ça dura un temps très court, et il reprit un air normal. J'ouvris la bouche, mais je ne trouvais rien à dire.
- Je vois, lança-t-il finalement.
Puis il tourna les talons.

***

J'avais essayé de le rattraper, mais le temps de me rhabiller et de me retrouver dans la rue, il avait déjà disparu. C'était inutile de rentrer chez nous, car je me doutais qu'il n'y serait pas. J'avais tenté de l'appeler à plusieurs reprises, mais il ne m'avait bien sûr pas répondu ; j'avais fait la même chose à son travail et avec Jérôme, pour le même résultat. J'ignorais si Alan avait donné la consigne de ne pas me répondre ou bien si tout le monde était réellement occupé.

Il était maintenant presque dix-neuf heures, et je savais qu'il faudrait bien que je rentre un jour chez moi. Plus le temps passait, plus je me sentais mal. Tout semblait foutre le camp dans la vie presque parfaite que je croyais avoir enfin réussi à me fabriquer.

J'y pensais encore en sortant de l'ascenseur de mon immeuble. Je me trouvais maintenant devant notre porte d'entrée, et je ne savais pas quoi faire, ni ce que j'allais bien pourvoir lui dire, autre que les banalités courantes du genre "ce n'est pas ce que tu crois".

Je pénétrais dans l'appartement, et compris tout de suite que personne ne s'y trouvait. Je fus brièvement soulagée, puisque ça signifiait que j'avais encore un peu de temps devant moi pour préparer ma défense. L'appartement était parfaitement rangé. Beaucoup plus qu'à l'ordinaire. Cela m'interpella, sans que je puisse vraiment dire pourquoi. Le silence m'oppressait à présent. Je me rendis dans notre chambre, et ouvrit machinalement les placards. Toutes nos affaires étaient à leur place et rien ne semblait avoir bougé. Je m'assis sur mon lit, pour réfléchir. Je n'avais pas trompé Alan, mais je me doutais bien qu'il devait penser le contraire, puisque moi-même je l'avais cru pendant quelques minutes. Je voulais seulement pouvoir m'expliquer avec lui. Je pris mon téléphone et recomposa son numéro pour la quinzième fois de la journée, fébrile. Je détestais de plus en plus entendre cette sonnerie retentir indéfiniment, sans que jamais quelqu'un ne décroche. Répondeur. Tremblante, je fis partir un simple texto, lui suppliant de laisser m'expliquer. En posant mon portable sur la table de nuit, je remarquais une petite boite à bijoux. Je l'ouvris et deux cercles argentés brillèrent devant moi. Nos alliances. Nous les avions choisis ensemble il y a un mois, et je ne savais pas qu'Alan les avait déjà en sa possession. Je compris tout suite ce que cela signifiait. C'était sa façon de me quitter. Alan m'avait quitté.

Jeudi 6 juin – 18 h 24

- Il refuse toujours de me parler ?
- Il n'a rien dit, expliqua Emma, mais on a plus ou moins défense de parler de toi.
- Super.

Je cliquai frénétiquement sur la souris de mon ordinateur de bureau, histoire de me défouler.

- Tu me crois toi, quand je te dis que je n'ai pas trompé Alan ?
- Bien sûr que je te crois, mais tu sais bien qu'il n'y a pas que ça. Votre histoire battait déjà pas mal de l'aile ces derniers mois... Et tu me disais toi-même qu'il pensait qu'il y avait quelque chose entre Paul et toi. Avoue que c'est un peu difficile de croire le contraire pour lui maintenant.

Je haussais les épaules et soupirais.

Je savais par mes amis qu'il était retourné vivre dans son bureau depuis une semaine. Jérôme et Emma me donnait de ses nouvelles. Tous mes appels et texto étaient restés sans réponse.

- Il en a parlé un peu avec Jérôme, continua-t-elle, il a dit qu'il ne te reconnaissait plus, et qu'il ne comprend pas comment vous avez pu en arriver là.

- Moi non plus… Mais avec cette histoire avec mon père, ma sœur, je suis complètement perdue… Et j'ai du mal à me projeter dans l'avenir, en plus de ça.
- Alex, je sais bien que tu es dans une période compliquée. Mais il faut que tu arrêtes de mettre toute ton énergie à reconstruire ta famille du passé, parce que pendant ce temps, tu négliges complètement celle du présent.
Je croisais les bras, étonnée par sa remarque.
- C'est philosophique ce que tu dis là.
- La grossesse me transforme en maitre zen. Ou en bouddha, au choix.
Emma était maintenant enceinte de six mois, et était loin d'être énorme. Mais elle avait un peu de mal supporter sa transformation physique.
- Je n'ai pas du tout été à la hauteur ces derniers temps, c'est ce que je dois comprendre ? repris-je.
- Disons que tu as un peu oublié des détails importants de ta vie actuelle qu'il ne fallait pas mettre de côté.
- J'aime mon couple. Je ne veux pas tout perdre.
- Ça finira par s'arranger Alex, vous êtes fait l'un pour l'autre ! Jérôme m'a dit que même au moment de sa séparation avec Charlotte, il ne l'a pas vu aussi affecté. Il faut juste patienter un peu et prendre du temps pour vous…
Je souris faiblement, reprenant un peu espoir.
- Du temps, je vais en avoir, il n'y a plus aucune chance que je retrouve mon père… Alan a raison, je ne sais pas comment on a pu en arriver là.
Emma se pencha vers moi, et chuchota :
- Et avec Paul, comment ça se passe ?
Je jetais un coup d'œil dans sa direction ; il était en rendez-vous avec un client et ne nous regardait pas.

- Tout va bien, comme si il n'y avait rien eu. Je ne sais absolument pas ce qui m'a pris ce soir-là, mais crois-moi, je ne toucherais plus une goutte d'alcool avant longtemps. J'ai failli faire une énorme bêtise.
- Oh, tu sais, je peux comprendre, il est quand même pas mal ! rêva-t-elle. Ça devait quand même être agréable, il a une bouche très... très...
Elle se perdit dans ses pensées. J'agitais ma main devant son visage.
- Emma ? Tu es avec moi ?
- Hein ? Excuse-moi, j'étais en train de m'imaginer en train de...
- Oui, j'ai compris, merci ! Tu ferais mieux d'imaginer ces choses-là avec Jérôme ! Tu te souviens, le père de ton bébé !
- Vu qu'il refuse de me toucher parce qu'il a peur de perturber le bébé, je fais ce que je peux !
- C'est mignon, il est impliqué au moins ! Toi qui avait peur du contraire...
- Oui, c'est le moins qu'on puisse dire... Enfin, vivement que ça se termine, la grossesse, c'est marrant cinq minutes, dit-elle en se levant et en tanguant dangereusement.
- Je veux bien te croire. Emma, il va falloir que j'y aille, je dois rejoindre ma sœur. Tu veux que je te dépose ?

Vendredi 7 juin – 8 h 00

Je tendis le bras et chercha le réveil. Quelque chose m'en empêcha.
J'avais déjà vécu cette scène.
J'avais mal, et me sentais faible. Mon bras me faisait souffrir. Je n'ouvris pas les yeux tout de suite, mais reconnus instantanément l'odeur de l'endroit où je me trouvais. J'avais passé de longues heures ici à la mort de mon père. J'étais à l'hôpital, et je compris assez vite que je ne pouvais pas bouger à cause d'un plâtre qui partait de mon épaule et se terminait à mon poignet.
Sur un fauteuil, près de mon lit, se trouvait Jérôme, qui regardait la télé. En tentant de pivoter vers lui, je fis un mouvement trop brusque, et la douleur m'arracha un cri.
Il tourna la tête dans ma direction.
- Je vois que la belle au bois dormant se décide enfin à se réveiller ! Comment tu te sens ? s'enquit-il.
- Légèrement froissée, je crois, grognais-je.
J'essayais une dernière fois de trouver une position confortable, mais c'était peine perdue. Je soufflais.
- Tu te souviens comment tu as atterri ici ? demanda-t-il.

J'essayai de me creuser la tête. Je me revis dans ma voiture, me rendant à mon rendez-vous. J'étais avec Emma et…
- Mon dieu, Emma ! Elle va bien ?
- Oui, ne t'inquiète pas, dit-il rassurant. Ils l'ont mise dans la chambre d'à côté. Le médecin voulait l'examiner ce matin, donc je suis passé te voir.
- Qu'est ce qui s'est passé ? Je n'arrive pas à me rappeler…
- Emma a fait un malaise pendant que tu conduisais, et a perdu connaissance. Tu as apparemment paniqué, perdu le contrôle de ton véhicule et percuté un mur. Tu verrais l'état de l'avant de ta voiture… C'est un miracle que tu n'aies que le bras de cassé.
- Et… le bébé ?
- Il va très bien. Emma a fait une baisse de tension importante. Le médecin trouve qu'elle en fait un peu trop ! Elle va juste devoir arrêter de gambader partout et se reposer jusqu'à l'accouchement. Ce qui l'enchante, tu t'en doutes.
- J'imagine !
- Plus de peur que de mal, au final. Même si au moment où l'hôpital m'a appelé, on ne faisait pas les fiers !
- On… ? questionnai-je.
- Alan était avec moi. Il est venu aussi.
- Alan ? Tu… tu crois qu'il va passer ? dis-je, pleine d'espoir.
- Aucune idée. Il n'a pas décroché un mot depuis qu'on a appris pour votre accident.
Jérôme se tourna à nouveau vers la télé, et commença à changer de chaine, sans vraiment regarder.
- Tu sais, reprit-il, je me suis imaginé pleins de trucs à la con quand j'ai su qu'Emma était à l'hôpital. Je me suis vu

sans elle, sans le bébé... Le genre de choses dont je n'aurais jamais pensé me soucier il y a quelques années... Peut-être que ça a fait le même effet sur Alan, et qu'il reviendra...
Je ne répondis pas, pensive.
- J'ai réfléchi, Alex... Je veux m'installer avec elle.
- C'est vrai ? Je croyais que tu tenais à ton indépendance ?
- C'est stupide, on va avoir un bébé... Ça ne rime plus à rien cette histoire d'apparts séparés... Tu crois qu'elle voudra bien ?
- Je crois qu'elle sera plus que ravie.
- Bien. Et... Tu me crois si je te dis que... je ne sais pas du tout comment le lui demander ?
Je commençais à rire, croyant sincèrement qu'il plaisantait. Puis le voyant attendre ma réponse, je tentais de cacher mon sourire avec mon bras valide.
- Tu es sérieux ou ... ?
- Alex, je n'ai jamais fait ça ! J'ai jamais habité avec une fille, j'ai toujours vécu seul, alors oui, je ne sais pas comment aborder le sujet ! C'est si bizarre que ça ?
- Non, bien sûr, gloussai-je, juste plutôt inattendu de ta part quand on te connait un peu ! Contente-toi de lui demander simplement, et ça ira tout seul.
- Tu penses que je...
Il ne finit pas sa phrase, car au même moment, Alan entra dans ma chambre.
- Alan ! Je... je suis contente de te voir, commençai-je, sincère.
Je souris dans sa direction, mais je m'arrêtais rapidement, remarquant son visage fermé. J'en déduis que nos relations n'allaient pas revenir au beau fixe tout de suite.
- Le médecin vient de finir avec Emma, lança-t-il à Jérôme. Tu peux aller la retrouver.

Jérôme sortit et ferma la porte derrière lui. Sans me regarder, Alan fit le tour de la chambre, faisant mine de s'intéresser au bouquet de fleurs qui se trouvait dans la pièce. Je n'osai pas ouvrir la bouche. Finalement, il s'installa sur la chaise la plus éloignée de mon lit et me regarda. Il avait le regard dur. Je ne l'avais jamais vu comme ça.

- Le médecin m'a dit que tu allais bien, que tes blessures se remettront vite, dit-il au bout d'un moment.
- Oui, je… Je n'ai que le bras cassé, heureusement.
- Je suis venu voir Emma. Elle va bien aussi. Elle m'a convaincu de passer te voir.
- C'est gentil.

C'était sa manière de me faire comprendre qu'il n'était pas là par envie.

- Bien, dit-il, alors si tu vas bien, je vais te laisser.
- Tu pars déjà ?
- J'ai du boulot.
- Bien sûr, je comprends… Tout se passe…euh… bien pour toi en ce moment?
- Tout va très bien. Je dois me rendre à un rendez-vous, Alexandra, et je ne voudrais pas être en retard.

Il se dirigea vers la porte. Il ne pouvait donc plus se trouver à proximité de moi pendant plus d'une minute ? Le voyant prêt à partir, je ne tins plus. Dans un effort, je m'extirpais de mon lit et lui pris la main avant qu'il n'ait eu le temps de toucher a poignée de porte.

- Alan ! S'il te plait ! … Reste un peu.

Il pivota et me regarda. Son regard était toujours aussi dur.

- Alexandra, je suis venu pour voir Emma, et ma conscience m'obligeait à faire un détour par ta chambre. Je ne suis pas là par plaisir.

Il disait ça pour me faire mal. Du moins, j'espérais que c'était le cas et qu'il ne le pensait pas réellement. Cette façon de parler ne lui ressemblait absolument pas, lui qui était toujours si positif.
- Tu m'en veux beaucoup, je sais. Mais je n'ai pas eu le temps de t'expliquer que...
- Alexandra, c'est inutile.
- Alan, je t'assure qu'il ne s'est rien passé ! Enfin, c'est vrai qu'on s'est juste... embrassés mais... il n'y a pas eu...

Il s'emporta.
- Je n'ai pas envie de t'entendre t'excuser, d'accord ? Ça ne m'intéresse pas ! Je me fiche de savoir ce que tu as fait ou pas avec Paul !

En s'énervant, il fit un geste brusque, et percuta un vase de fleurs qui s'éclata au sol. Il releva la tête vers moi.
- Tu veux vraiment savoir la vérité, Alex ? Je ne t'en veux pas. C'est pire que ça. Je m'en veux à moi. J'avais confiance en toi, et à chaque fois que je te voyais avec lui, rire alors que tu ne me parlais presque plus, je finissais toujours par me dire que j'avais tort d'être jaloux.
- Alan, s'il te plait, écoute moi...

Il continua de parler, sans m'entendre.
- Je m'en veux d'avoir été aussi idiot. Je n'aurais jamais cru que tu me ferais ça. Jamais. C'est ça que tu voulais entendre ? Que je n'aurais jamais pensé que tu serais capable de me décevoir autant ? Que j'ai l'impression que la femme que j'ai demandé en mariage il y a six mois, que celle que j'aime depuis quatre ans a complètement disparue ? C'est vraiment ça que tu veux entendre ?
- Alan...

- Tu m'as dit l'autre fois que tu étais perdue, que tu ne savais plus qui tu étais. C'est pareil pour moi. Je ne sais plus qui tu es, Alexandra.
En l'entendant dire ça, je ressentis un coup au cœur. Je tentais le tout pour le tout.
- Je n'ai pas disparue, Alan, je suis là ! Je n'ai pas été à la hauteur, je le sais, mais souviens-toi, tu m'avais promis que quoiqu'il puisse arriver, tu ne cesserais jamais de m'aimer... Que tu ne me quitterais jamais...
J'avais dit ça en criant presque, le forçant à me regarder.
Il se tenait maintenant à quelques centimètres de mon visage, et je me rendis compte à quel point notre couple et ce qu'il représentait à mes yeux me manquait.
C'est à cet instant qu'on tapa à la porte et que Paul entra.
- Alors la blessée, tu… Oh, excusez-moi, je ne voulais pas vous déranger. Je repasserais…
Alan ne lui laissa pas le temps de finir sa phrase.
- Non, Paul, c'est moi qui dérange. Encore une fois. Bonne journée.

5

Alan
Vendredi 7 juin – 8 h 45

Un café. J'avais besoin d'un bon café. J'insérai une pièce dans le distributeur de l'hôpital et attendis d'être servi, dos à l'appareil. En apprenant l'accident d'Alexandra et Emma, je n'avais pas tout de suite su comment réagir. Pendant le trajet jusqu'à l'hôpital, j'avais pensé au pire. Ne sachant pas ce qu'elles avaient exactement, et ne voulant pas céder à la panique, surtout devant Jérôme, j'avais préféré ne pas parler. Et s'il lui était arrivé quelque chose de grave... L'histoire de notre couple se serait donc finie ainsi ?
Ensuite, je n'avais eu qu'une envie : la voir et savoir si elle allait bien. Le médecin avait été rassurant. Puis devant sa chambre, j'avais hésité un instant : qu'est-ce que j'allais lui dire ? Je fus, malgré moi, heureux de la voir, mais une grande partie de moi ne pouvait s'empêcher de la voir avec Paul, couchant avec lui, et c'était difficilement supportable.

J'en étais arrivé à ce constat quand quelqu'un me tapa l'épaule. Je me retournais et vis Paul, me tendant mon gobelet de café, souriant.
- Tu viens me narguer, c'est ça ? lançais-je, méfiant.
- Te narguer ? Non, pas vraiment.
Je pris mon verre et m'assit plus loin. Il se fit un café, et vint s'installer à mes côtés.
- Vraiment immonde ce truc ! dit-il après avoir bu une gorgée.
- Je t'arrête tout de suite, je n'ai aucune envie de discuter expresso avec l'amant de ma femme.
- Moi, amant ? Arrête tes conneries, Alan.
- Oui, je connais la chanson, il ne s'est rien passé entre vous, ce n'est pas du tout ce que je crois. Coup classique.
- Je ne dirais pas qu'il ne s'est pas rien passé… Mais il n'est pas arrivé grand-chose pour autant.
- Super ! Tu me vois ravi de l'apprendre !
- On s'est embrassé. On aurait effectivement pu aller plus loin, mais on s'est arrêté largement avant.
J'étais sensé être rassuré ?
- Cool, dis-je, ironique. Je suis donc heureux de savoir que tu n'as que failli coucher avec ma femme après l'avoir embrassé. Ça change tout, bien évidemment.
- Tu préférerais que je te mente ? Vous vous étiez disputés, on avait un peu trop bu, on parlait du passé… Coup classique comme tu dis, on voit ça dans tous les films … Ça ne voulait rien dire de spécial. Je comprends que ça soit trop pour toi, et que vous viviez une phase difficile, mais ne bousille pas ton couple pour si peu.
- Parce que c'est moi qui bousille mon couple maintenant ? ! Et c'est toi qui me fais la leçon ! C'est le monde à l'envers !
- Je ne te fais pas la leçon. Tu veux un autre café ?

- Non.
Il se leva, jeta son verre et s'en servit un autre.
- Alan, reprit-il, je ne vais pas te mentir, j'aime beaucoup Alexandra. C'est une très bonne amie. Mais il n'y a rien de plus. J'étais juste là au mauvais moment, elle n'allait pas très bien, ça a dérapé... On s'est très vite rendu compte que ça serait une très mauvaise idée.
- Génial ! Et c'est à quel moment que tu vas essayer de me faire croire que tu n'as jamais voulu coucher avec elle ? J'ai bien vu ton petit jeu ! lançais-je, excédé.
Il ne répondit pas tout de suite et nous restâmes un moment-là à regarder le personnel médical s'agiter autour de nous.
- Tu ne m'as jamais aimé pas vrai ? dit-il finalement.
- Possible que non.
- Dommage. Moi je te trouvais sympa.
Il se tut, réfléchi un instant, puis demanda calmement :
- Tu vas vraiment la laisser filer ?
- Pourquoi, tu veux tenter ta chance ? répliquai-je nerveusement.
- Non. J'ai toujours trouvé que vous formiez un joli couple.
- Notre joli couple, ça fait bien longtemps qu'il n'existe plus... Depuis que...
- Depuis qu'elle a découvert pour son père ?
- Oui et depuis qu'on a décidé de se marier, continuai-je sans réfléchir, et que ma mère a transformé notre charmante petite cérémonie en événement mondain et que... Attends une minute, elle t'a raconté pour son père ? Tu es vraiment au courant de tout !
- On est ami, Alan, c'est normal non ? Juste des amis.
- Ouais, des amis vraiment très proches, j'ai remarqué.
Il se leva, et se plaça face à moi.

- Bon, très bien, Alan, ma patience à des limites. Qu'est-ce que je peux faire pour te convaincre ? Si tu veux que je déménage, que j'arrête mon association avec elle, je le ferais. Si tu veux... Je ne sais pas... Me frapper, te défouler sur moi, fais-le. On a failli coucher ensemble, c'est vrai. Mais elle a compris avant de le faire que ça serait idiot. Et si elle ne l'avait pas fait – mais elle l'a fait, Alan – je me serais arrêté également. Tu n'as jamais fait d'erreur toi ? Tu as toujours été irréprochable ?
- On ne parle pas de moi...
- Si justement ! Tu as ta part de responsabilité dans cette histoire ! Tu crois que si tu l'avais soutenu dans l'épreuve qu'elle traverse, il se serait passé quoique ce soit entre nous ? Elle trouvait juste l'appui qu'elle n'avait pas avec toi ! Elle n'a pas été exemplaire, certes... Mais toi non plus ! Tu n'as pensé qu'à toi et tes envies, bien souvent, et un mariage ne peut pas marcher si l'un des deux se comporte en sale égoïste !
- Je le sais très bien ! J'ai déjà été marié !
- Moi aussi, figure-toi ! Mais j'essaie au moins de tirer une ou deux leçons du passé ! Tu vas passer ton temps à lui faire des scènes de jalousie et définitivement gâcher ton couple? Tu attends quoi ? Qu'elle trouve quelqu'un d'autre ?
- J'en sais rien, bon sang ! m'écriai-je.
- Alors, réveille-toi, secoue-toi, fais quelque chose ! Et arrête de te comporter comme un gamin !
Il se rassit et termina son deuxième café.
- Ma sœur me traite aussi sans arrêt de gamin, lâchai-je finalement.
- Elle a raison. Une chouette personne, ta sœur, si tu veux mon avis.

- Paul... Pourquoi tu fais ça ? Pourquoi tu veux à tout prix nous aider ?

Il expira longuement, avant de répondre.

- Je sais ce que c'est d'être trompé... Et... Trahi par la femme que l'on aime. Tu es loin du compte. Et même si tu ne me crois pas, je vous aime bien tous les deux, je te l'ai dit.

Il se paya un nouveau café, qu'il me tendit finalement.

- Peut être que je t'ai jugé trop vite, Paul.
- Je ne t'en veux pas. Les collègues de travail séduisants font toujours peur au mari jaloux. Ça aussi, c'est dans tous les films.

Sa remarque me fit décrocher un faible sourire. Il me fit un signe de la main et se dirigea vers l'ascenseur. Au moment où il y entra, la sœur jumelle d'Alex en sortit. Paul ne la remarqua pas ; quant à moi, je pivotais sur mon siège afin qu'elle ne puisse pas me voir. Je n'avais pas vraiment envie de discuter pour le moment. Elle souriait, mais semblait avoir pleuré et tenait fermement une enveloppe froissée dans sa main. Je la regardai se diriger vers la chambre d'Alexandra, puis me levai, et quittai l'hôpital.

Tu me manques. Tu nous manques. A moi, même si je ne le dit pas. Aux filles, même si elles ne le montrent pas.

On ne parle jamais de toi ici. Je ne sais pas si on en sera capable un jour. Ça fait maintenant dix ans que tu nous as quittés, et j'ai parfois encore l'espoir de te trouver en rentrant chez nous le soir.

Les filles ne sont pas à la maison aujourd'hui, comme chaque année. Je ne leur en veux pas, je sais que je n'ai pas été très présent ces dernières temps à cette date.

Elles me font penser de plus en plus à toi, chacune à leur façon. Frédérique a hérité de ton calme légendaire, et Alexandra de ton caractère passionné. Elles se chamaillent parfois, comme elles l'ont toujours fait, mais sont toujours aussi proches. Parfois, je me surprends à les observer lorsqu'elles sont ensemble, et à espérer que leur complicité ne faiblira jamais.
De temps à autre, il arrive que l'on me dise que les filles me ressemblent. J'aime à croire que c'est vrai, bien que je sois le seul à savoir que c'est impossible.

Elles sont bien grandes à présent, et j'aurais aimé que tu sois à mes côtés pour les accompagner dans leurs vies d'adulte. Dans peu de temps, elles auront fini leurs études. Frédérique pense à devenir enseignante et Alexandra songe à devenir avocate, comme moi. Elles me rendent fier toutes les deux chaque jour, fier d'être leur père. Je suis certain que tu l'aurais été aussi.

Si seulement tu pouvais être là...

6

Alan
Samedi 15 juin – 10 h 20

En refaisant le chemin qui me menait à la maison de ma mère ce matin-là, je ne pouvais m'empêcher de nous revoir Alexandra et moi quand nous avions joué les faux couples il y a quatre ans. Je me souvins qu'à ce moment-là, même si je refusais de me l'avouer, sa présence à mes côtés m'avait rassuré. J'étais déjà amoureux d'elle et la suite du séjour m'avait permis de me le faire comprendre. Depuis, je n'étais pas revenu une seule fois ici sans elle. Aujourd'hui, c'était le jour du baptême de Gabriel et je m'apprêtais pourtant à m'y rendre seul. J'avais hésité un moment à y aller, redoutant les questions de ma famille sur son absence, et ne voulant pas gâcher la fête. Mais la perspective de devoir annoncer à ma sœur et à ma mère que je ne viendrais pas du tout m'était apparue bien pire, et j'avais pris la route. J'avais passé tout le trajet à chercher ce que je pourrais bien dire quand les questions se présenteraient, mais je n'avais toujours pas trouvé. Et maintenant que le profil de la

maison familiale commençait à se dessiner au loin, je me demandais à quelle sauce j'allais bien être mangé.
 Je ne savais absolument pas où on en était, elle et moi. Après ma discussion avec Paul, je ne m'étais pas résolu à entrer dans la chambre d'Alexandra. Même si il ne s'était rien passé entre eux, je savais que les problèmes de notre couple ne tenaient pas qu'à ça. Et ça ne se résoudrait pas dans une chambre d'hôpital.
 Je réussis difficilement à trouver une place pour me garer, tant il y avait de véhicules devant chez nous. Comme à son habitude lors de nos événements familiaux, ma mère avait invité tous les Kinel. En sortant de ma voiture, j'en remarquai une similaire à celle d'Alexandra garée plus loin. Depuis des semaines, le moindre objet me ramenait à elle, et ça me poursuivait jusqu'ici. Est-ce qu'un jour on arrête de penser à la femme qu'on pensait bêtement être celle de sa vie ?
 Cette journée s'annonçait éprouvante.
 En m'approchant de la maison, je compris que le nombre de personnes invitées à cette petite fête était encore bien supérieur à ce que je pensais. Je ne connaissais pas la moitié des gens présents. J'aurais voulu me fondre dans la foule, mais à peine avais-je franchi le portail, qu'un homme qui m'était totalement inconnu vint vers moi et m'embrassa.
 - Alan ! Comme je suis content de te voir ! Ça fait si longtemps !
 Tellement longtemps, que cet homme, qui ressemblait vaguement à mon père, ne me disait absolument rien. Je le saluai, l'esquivai rapidement, et continuai ma progression parmi les gens amassés dans le jardin. D'autres personnes toujours inconnues me saluèrent encore, et je finis par apercevoir ma mère en grande discussion avec une

femme. Je pris mon courage à deux mains, et m'approchai.
- Alan, tu es enfin là ! dit-elle en me voyant. On parlait justement de toi ! Je te présente Florence Martin, qui s'est occupé des fleurs pour le baptême. Elle fait aussi des compositions florales magnifiques pour les mariages, et elle vient de me dire qu'elle était justement libre le jour du vôtre !
Si j'avais voulu retarder le moment où ma mère allait évoquer ce sujet, c'était raté.
- Bonjour Maman, répondit-je en tachant de cacher ma lassitude. Ravi de vous rencontrer, chère Madame.
- Alors, reprit-elle, qu'en penses-tu ? Florence a des photos dans sa voiture, on pourrait peut-être les regarder avec Alexandra en fin de journée ? Tiens, d'ailleurs, où est-elle ?
- Maman, il faudrait justement que je te parle de ça… Veuillez nous excusez, je vous emprunte ma mère un bref instant.
Nous primes congé de la fleuriste, et j'entrainais ma mère à l'écart.
- Eh bien, Alan, que se passe-t-il ? Ce n'est pas très poli ce que tu viens de faire ?
- Je sais, excuse-moi Maman. Il faut que je te dise quelque chose à propos… d'Alexandra… Et de moi. Pour commencer, elle… ne sera pas là aujourd'hui.
- Qu'est-ce que tu me racontes ?
- Elle ne viendra pas, on est…
On est quoi au juste ? Je ne le savais pas moi-même. Ma mère ne me laissa pas le temps d'y réfléchir.
- Alan, enfin, Alexandra était là il y a une minute ! Tu as perdu la tête ?
- Que… Quoi ?

Alexandra ? Ici ?
- On a discuté pendant un long moment du choix de sa robe pour votre mariage, et de celles des demoiselles d'honneur ! Tu sais, Alan, je crois que j'y suis allé un peu fort en voulant vous aider, j'ai oublié de prendre en compte votre avis bien souvent. Alexandra me la fait comprendre avec beaucoup de tact. Pourquoi ne m'as-tu rien dis ?
- Je… Je ne voulais pas te faire de peine et…
- Me faire de la peine ? Pour qui me prends tu, Alan, je ne suis plus une enfant ! Je suis capable de comprendre ! Je vais marier mon fils avec une jeune fille très bien, cela me suffit amplement ! Ah, ben tiens, justement, la voilà !
Je me retournais, et la vis. Elle portait une petite robe fluide resserrée à la taille, qui lui allait à merveille, et la veste de tailleur posée sur ses épaules cachait un peu son plâtre. Ses cheveux blonds retombaient sur ses épaules, et elle riait, un verre à la main, parlant avec ma sœur. Voilà pourquoi j'avais aperçu une voiture ressemblant à la sienne en arrivant.
- Alexandra, cria ma mère dans sa direction, Alan est ici ! Elle disait te chercher partout tout à l'heure.
- Eh bien, elle m'a trouvé.
Voir Alexandra ici, alors que je tentais désespérément de me convaincre que je pouvais parfaitement vivre sans elle… Mes efforts me semblèrent tout à coup inutiles.
- Alexandra, très chère, Alan est totalement perdu sans vous ! Il vient de me dire à l'instant que vous ne viendriez pas aujourd'hui !
- C'est une erreur de coordination, répondit Alexandra le plus naturellement du monde, vous savez bien que je n'aurais manqué le baptême de Gabriel pour rien au monde !

- J'espère bien ! Bon, et bien puisque tout le monde est là, je vais prévenir Samantha que la cérémonie peut commencer. Il faut que tout le monde se réunisse pour rejoindre l'église. A tout à l'heure.
Aussitôt ma mère partie, Alexandra se tourna vers moi et débita rapidement :
- Avant que tu dises quoique ce soit, sache que j'ai eu ta sœur au téléphone il y a deux jours, qu'elle m'a parlé du texte qu'elle voulait que je lise pendant la cérémonie, ce que j'avais totalement oublié et je ne me voyais pas lui dire que je ne serais pas là. J'ai compris que ta famille n'était pas au courant pour nos problèmes, et en arrivant ici, je ne savais pas si je devais en parler ou pas, et Lili est venue tout de suite m'interroger sur le mariage, et je n'ai pas le cœur de la contredire. Je me suis dit aussi qu'il fallait vraiment qu'on discute de nous deux avant d'annoncer quoique ce soit et qu'ici pourrait être le bon endroit. Maintenant, si tu préfères que je parte, je le ferais.
Elle avait dit ça sans souffler, comme si elle avait répété son texte de longues heures durant.
- Tu t'es dit beaucoup de choses, à ce que je vois.
- Euh… Peut-être.
Elle semblait très nerveuse, et je la revis à cet instant. La conseillère juridique qui était un jour entrée dans mon bureau pour un entretien d'embauche et dont j'étais tombé amoureux était réapparue, devant moi.
- Tu peux rester, dis-je. On peut surement rejouer la scène du faux couple une nouvelle fois.
Je lui présentais mon bras, et elle s'accrocha à moi. Nous nous promenèrent entre les invités, en en saluant de temps en temps certains. Nous n'échangèrent cependant aucun mot.

L'église était à une dizaine de minutes de la maison de ma mère, et le flot d'invités s'y rendait maintenant dans une joyeuse ambiance. Nous marchions nous même un peu moins vite, si bien que nous fumes rapidement à l'écart du groupe. J'engageais la conversation.
- Comment va ton bras ?
- Ça peut aller. La douleur est encore vive par moment, mais c'est beaucoup mieux qu'au début.
- J'en suis content. Et… Tu as des nouvelles de ta sœur ?
- Oui, elle vient d'obtenir un travail pour la rentrée, et elle cherche maintenant un appartement pas très loin de chez nous. Enfin… Je veux dire… dans la région. On a aussi un acquéreur pour la maison, un couple charmant. On est plutôt contentes.
- C'est bien. Et donc… vous avez… trouvé qui est votre…
- Notre vrai père ? termina-t-elle à ma place. Non. On a laissé tomber et on est passées à autre chose.
Elle ne semblait pas triste en disant ça, ce qui m'étonna.
- Comment ça se fait ?
- Fred a trouvé une dernière lettre. Une lettre qui change tout.
- Une lettre de votre mère ? demandai-je.
- Non, pas cette fois-ci. Celle-là est de notre père.
- De votre père… Du vrai ?
- Du seul que l'on ait jamais eu. De Charles. C'est lui qui nous as élevé et aimé, et on s'est aperçues qu'on ne voulait pas en avoir un autre. Peut-être qu'un jour on repartira dans nos recherches… Mais en attendant, on s'est retrouvée avec Fred, et c'est déjà bien suffisant. J'ai eu une vraie famille, avec des parents aimants, on a été heureux… Ça me convient.
Elle se tût, et hésitante, ajouta :

- Et puis... maintenant je t'ai, toi, si... tu acceptes encore de faire partie de ma famille.
Elle me regarda pleine de d'espoir, mais pensif, je ne dis rien. Elle reprit, la tête basse.
- J'aurais juste aimé me rendre compte de ça avant, ça nous aurait évité bien des soucis. Alan, je suis désolé. Je n'ai pas été à la hauteur ces derniers mois.
- Alexandra, arrête, ne t'excuse plus. Tu l'as assez fait, bien plus que tu n'aurais dû.
Elle écarquilla les yeux, ne s'attendant visiblement pas du tout à m'entendre prononcer ces mots.
- Tu ne m'en veux plus ?
- J'ai été stupide. Tout le monde me le disait. Je te reprochais de ne pas penser à nous alors que de mon côté, je ne pensais qu'à moi. Je le regrette. Paul me l'a fait comprendre. Et j'espère sincèrement que tu arriveras un jour à m'excuser.
- Paul, répéta-t-elle, étonnée. Mais qu'est-ce qu'il...
- S'il te plait, ne dis plus rien.
Et sans lui laisser le temps de répliquer, je l'embrassai. Elle m'avait manqué. Terriblement.
- Je voulais juste vérifier quelque chose, chuchotai-je.
Quand nous nous éloignèrent, je vis à l'expression de son visage qu'elle ne savait plus quoi penser.
- Tu... tu... bafouilla-t-elle.
- Pas maintenant, le baptême va commencer. Je t'expliquerais plus tard.
Elle s'accrocha à nouveau à mon bras, et nous entrèrent dans l'église.

Dimanche 16 juin – 18 h 00

Nous avons passé la nuit à discuter. Nous avons mis les choses à plat, calmement, et nous nous sommes étendus chacun sur ce qui nous était arrivé ces derniers mois. Au petit matin, nous étions tombés d'accord : le mariage était annulé.

En fin d'après-midi, nous avions réunis la famille dans le salon. Ma mère, ma sœur et mon beau-frère nous ont écoutés attentivement expliquer que notre couple ne pouvait pas continuer à exister dans ses conditions. Ils s'étaient montrés compréhensif, bien que très surpris et déçus. Ma mère ne m'avait presque pas parlé, mais avait exprimé sa tristesse de voir Alexandra quitter notre famille. Je m'étais senti coupable de leur infliger ça à tous, sachant combien ils pouvaient apprécier Alexandra. Mais il était évident pour nous deux que c'était décision était nécessaire.

Vers 17 heures, nous repartîmes chacun de notre côté, dans des voitures séparées.

7

Jérôme
Mardi 15 octobre – 19 h 05

- Tu sors encore ce soir ? demandai-je à Alan en le voyant enfiler sa veste.
- Oui ! répondit-il, visiblement content. J'ai un rendez-vous avec une charmante jeune femme.

Depuis sa séparation avec Alexandra, Al avait repris ses habitudes de vieux garçon. Il vivait toujours dans son bureau, et il disait passer toutes ses soirées à écumer les bars et à sortir avec des filles différentes. Seule différence notable avec sa dernière période de célibat, il nous épargnait le défilé de ses conquêtes au bureau, probablement pour éviter mes remarques.

- Tu ne veux pas venir manger à la maison avec nous, pour changer ? Emma sera contente de voir du monde. Depuis son accouchement, elle n'est que très peu sortie.
- Ça ne serait pas très poli que j'annule mon rendez-vous au dernier moment... Et puis, de toute façon, regarde, Emma est là.

Elle nous fit signe à travers la baie vitrée de la salle où nous nous trouvions avant de nous rejoindre. Elle poussait tant bien que mal notre lourde poussette.
- Salut les garçons !
- Qu'est-ce que vous faites ici toutes les deux ? Juliette ne va pas bien ? m'inquiétai-je soudainement.
- Elle va très bien, Jérôme ! Tu étais sensé arrêter de t'inquiéter constamment pour la petite… On était dans le coin, on est juste passé te chercher.
Tandis qu'elle m'embrassait, Alan se pencha par-dessus la poussette et pris ma fille dans les bras.
- Je vois que tu es toujours aussi anxieux quand il s'agit de ma filleule ! ironisa Alan. Ça ne s'arrange pas !
- Oh, ça va toi !
Il la berça un peu. Juliette le regarda, et se mit à sourire.
- Regarde là, dit-il attendris, elle est magnifique, et en parfaite santé ! Tout le portrait de sa mère ! Il faut espérer qu'elle ne prenne pas le sale caractère de son père…
J'allais répliquer quelque chose de cinglant à son égard, quand je compris en voyant son air satisfait que c'était justement ce qu'il cherchait.
- Et je suppose que tu te trouves drôle ? dis-je, vexé. Allez, rends moi ma fille, je ne veux pas qu'elle se transforme en être sarcastique à ton contact.
Je la calais dans mes bras, et Emma me tendis son biberon. Je refuser de l'avouer, mais j'étais raide dingue de ma fille.
- Jérôme, tu as demandé à Alan si ça lui disait de venir manger à la maison ? Quand vous aurez fini de vous disputer tous les deux, ça pourrait être l'occasion de passer une soirée sympa, non ?
- Ça aurait été avec plaisir, mais je viens de dire à Jérôme que j'avais un rencard ce soir, expliqua Alan.

- Tu es sûr que tu ne peux pas annuler ? On va bien s'amuser, je t'assure !
Il s'approcha d'Emma et de moi, nous prit par les épaules, et dit sur un ton rassurant :
- Je sais ce que vous cherchez à faire, mais ne vous en faites pas pour moi, je vais très bien.
Mon téléphone vibra dans ma poche et la photo d'Alexandra s'afficha. Je décrochai, parlai quelques secondes, et tendit le téléphone à Emma.
- C'est ... euh... Alexandra... elle n'arrive pas à te joindre et voudrais te parler. Pour ce soir, rajoutai-je juste en remuant les lèvres sans parler, afin qu'Alan ne m'entende pas.
Je le regardais du coin de l'œil. Le fait de savoir que l'ex-femme de sa vie était au téléphone à deux centimètres de lui ne semblait pas le déranger outre mesure. Il termina de ranger ses dossiers et s'apprêta à partir.
- Bon, je passe déposer ça dans mon bureau et j'y vais. Merci encore pour l'invitation, une autre fois, ça sera avec plaisir.
- Alan, attends juste que...
Je n'eus pas le temps d'en dire plus, car il était déjà parti. Je commençai tout juste à nourrir ma fille quand Emma raccrocha.
- Laisse-moi deviner, dis-je, Alex ne peux pas venir ce soir ?
- Elle dit qu'elle a trop de boulot... Mais j'ai bien senti que ce n'était pas tout à fait vrai.
- Elle a compris qu'on préparait quelque chose... Je savais que ton idée de repas soit disant improvisé ne fonctionnerait pas !
- Ça valait le coup d'essayer ! s'exclama-t-elle, déçue.

Juliette buvait tranquillement son biberon, et Emma lui caressa distraitement les cheveux.
- Depuis qu'ils se sont séparés, on n'a pas réussi à les réunir une seule fois dans la même pièce, remarqua-t-elle. Ça va être bien plus compliqué que prévu...Comment tu trouves Al ces temps-ci ?
- En pleine forme... Il sort tous les soirs, ne se morfond pas du tout dans son coin... Depuis qu'ils ont officialisés l'annulation de leur mariage, on dirait qu'il revit ! Rien à voir avec le Alan auquel on a eu droit après qu'il ait surpris Alex et son collègue... Et elle, comment est-elle ? !
- Pareil que lui. Elle rit tout le temps, est de bonne humeur constamment... A croire qu'ils sont soulagés de ne plus être ensemble !
- Peut-être qu'ils ne veulent pas montrer leur tristesse ? tentai-je.
- Honnêtement, Jérôme, tu trouves qu'ils ont l'air d'être malheureux ?
- Honnêtement ? Non. C'est même plutôt le contraire.
- Et si... Il n'y avait vraiment que nous qui souhaitons les revoir ensemble ? dit-elle.
- Mouais...Peut être que c'est comme ça que devait se finir leur histoire... Qui l'aurait cru ?

Lili
Vendredi 18 octobre – 11 h 50

- Bonjour, ma chère !
C'était la première fois que je me rendais dans le bureau d'Alexandra. L'endroit était simple mais raffiné, à son image. La porte était ouverte à mon arrivée, mais elle ne m'avait pas entendu entrer. Elle se trouvait à son bureau devant son ordinateur, et leva la tête au son de ma voix.
- Oh Lili ! Euh... Qu'est-ce que...vous faites ici ? dit-elle surprise.
- Je passais dans le quartier, et je me suis dit que ça faisait bien longtemps que je n'avais pas eu l'occasion de vous voir, et que cela était bien dommage... Alors je suis venue.
Je vous dérange ?
- Euh... Non, non, vous avez bien fait ! Vous voulez quelque chose à boire ?
- Non, Alexandra, ne vous dérangez pas.
Je m'installais en face d'elle.
- C'est tout à fait charmant ici ! Venant de vous, ça ne me surprends pas. Mais trêve de bavardage, je ne suis pas venue ici pour parler décoration. Je me soucie de vous,

Alexandra. Comment vous portez vous ? Vous avez petite mine, remarquai-je en posant ma main sur la sienne.
- Vous trouvez ? Pourtant, ça va plutôt bien,… J'ai… Beaucoup de… dossiers en cours en ce moment, ça doit être ça.
- Je comprends, après une séparation, on passe souvent trop de temps au travail, pour éviter de penser.
- Eh bien… Oui… Euh, je suppose que … Vous avez surement raison.
- Mon Alan est comme vous, depuis cet été, impossible de le sortir de son bureau.
- Ah c'est bien ça, très bien, dit-elle distraitement.
Elle m'écoutait à moitié, jetant des regards furtifs vers le fond de la pièce.
- Vous savez, très chère, Alan ne me le dit pas, mais je suis sûre qu'il est très affecté par votre séparation. Il a fait une erreur en vous quittant, j'en suis certaine.
- Oh, il s'en remettra…
- Il s'en remettra ? répétai-je, étonnée par sa réponse.
- Enfin, je veux dire, on s'en remet tous un jour ! Il le faut bien, rectifia-t-elle précipitamment.
Je mis son moment d'égarement sur le compte de la rupture. J'étais certaine que cette situation entre eux ne durerait pas. J'allais lui en faire part, quand un jeune homme sorti de la cuisine, la tête baissée sur son portable, sans me voir.
- Dis, Alex, pour le 22, je viens de tomber sur un site très intéressant qui donne des idées de discours pour…
- Paul ! coupa Alexandra en se levant. Laisse-moi te présenter Lili, la mère d'Alan ! Lili, voici Paul, mon associé !
Son nom m'était familier.

- Paul...Vous voulez dire le Paul ? chuchotai-je en direction d'Alexandra. Celui qui... Enfin, vous voyez de quoi je veux parler...
Le jeune homme passa derrière moi avant de rejoindre Alexandra et répondit à ma question à sa place.
- Oui, c'est bien moi, parfaitement, dit-il sur le ton de la confidence.
Je vis Alexandra esquisser un sourire à ces mots, puis se ravisa quand elle vit que la réponse du jeune homme ne m'enchantait pas.
- Vous continuez à être associé tous les deux ? Vous n'êtes plus la fiancée de mon Alan, certes, mais je ne sais pas si c'est vraiment judicieux de continuer à vous côtoyer chaque jour !
- Eh bien... C'est... C'est prévu ! bafouilla Alexandra. C'est... pour ça qu'on organise une fête, c'est pour son départ ! C'est pour ça que tu parlais de discours, Paul, n'est-ce pas ? C'est pour ta fête de départ !
- Pour ma fête de départ ?
Le jeune homme sembla surpris un instant, puis finit par acquiescer.
- Oui, bien sûr, mon départ ! J'ai toujours du mal à m'y faire. Oui, chère madame, sachez que je m'en vais, je quitte cette agence. Je vais voguer vers d'autres cieux. Je quitte le navire, je...
Je perçus très distinctement Alexandra lui donner un coup de coude, qui le fit taire instantanément. Je ne sais pas ce qui se passait dans ce bureau, mais tout ceci n'était pas très clair.
- Si vous voulez bien m'excusez, madame Kinel, j'ai un discours à terminer.
Il regagna son bureau. En repassant derrière moi, j'aurais juré qu'il avait fait un clin d'œil à Alexandra. Je me

retournais vers elle, et elle détourna la tête en toussant. Je l'observais un instant. Elle était vêtue d'une robe courte et ample qui lui cachait toutes ces formes, ainsi qu'un long gilet. Bien que ça lui allait à merveille, elle arborait une allure bien moins stricte qu'à son habitude. Surement une autre des conséquences de la séparation, songeai-je.

- Alexandra, que diriez-vous d'aller déjeuner toutes les deux ?

8
Mardi 22 octobre – 18 h 30

-Tout est prêt ? Tu es sûr ?
- Pour la troisième fois, oui. Paul et Frédérique ont fait du très bon boulot. Détends-toi.
- Tu me connais, je suis nerveuse, je ne peux pas m'en empêcher.
- Bien sûr que je te connais mon cœur, mais tu verras, tout ira bien. Ils vont arriver dans peu de temps, il faut vraiment qu'on aille se préparer maintenant.
- Tu as raison. Ça va être parfait, comme on l'a toujours voulu.
- Tout à fait.
- Alan ? Je t'aime, tu le sais ?
- Je n'en doute pas une seconde, Alex.

***

Alan
22 octobre – 18 h 35

Posté sur la terrasse de la maison des parents d'Alexandra, j'étais parfaitement placé pour voir les invités arriver. Frédérique, Paul et Morganne se trouvaient dans le jardin en contrebas. Ils s'étaient repartis les rôles : Frédérique devait indiquer à chaque personnes où ils pouvaient garer leur voiture, ma fille prenant ensuite le relais pour les guider dans le jardin où nous avions disposé des chaises. Quant à Paul, il attendait sagement sous l'arche fleurie que nous avions montée un peu plus tôt dans la journée. Alexandra se trouvait dans le grenier, où elle s'était préparée en compagnie de sa sœur et de ma fille, et mettait maintenant la touche finale à sa tenue.

La première voiture à remonter l'allée fut celle de ma sœur. Suivi de son mari et de leurs deux fils, elle sortit de son véhicule et je l'aperçus, surprise, faire un mouvement de recul en voyant la sœur d'Alexandra. Frédérique avait tiré ses cheveux en arrière pour l'occasion, et on la confondait encore plus avec Alexandra. Comme convenu, je la vis leur indiquer le chemin, sans plus d'explication. Morganne, habillée de sa robe de demoiselle d'honneur, les guida vers le lieu de la cérémonie. Elle était ravissante dans sa robe et avait relevé toute seule ses cheveux en un élégant chignon, dans lequel elle avait planté des fleurs. Elle avait à peine dix ans, mais avait déjà tout d'une grande. Peu de temps après, ce fut au tour de ma mère de faire son apparition, suivi de très près par Emma et Jérôme. De mon observatoire, je n'entendais pas ce que tout le monde disait, mais je pouvais deviner à leurs expressions qu'il ne comprenait absolument pas ce qu'ils faisaient tous là. Mes complices avaient pour directive de ne rien dévoiler, consigne qu'ils suivaient à merveille. Pour les faire venir, nous avions prétexté une réception organisée à la suite d'une importante réussite professionnelle – un gros contrat obtenu de mon côté, et un procès important gagné pour Alexandra - à laquelle nous souhaitions les voir participer. Alex avait utilisé cette excuse auprès d'Emma et de Jérôme, et je m'étais chargé des autres invités. Devant Paul, nous avions installé plusieurs chaises, toutes décorées avec gout par Fred, Alex, et Mo. Morganne plaça Emma et Jérôme sur les chaises du premier rang ; ils s'exécutèrent, toujours aussi étonnés. Frédérique s'assit à son tour près d'Emma, Juliette et Tom à leurs côtés dans leurs landaus respectifs. Quant aux membres de ma famille, ils se placèrent derrière Jérôme.

Un instant plus tard, Morganne me rejoins à l'étage.

- Ça y est Papa, tu peux descendre, ils sont prêts.
- Tu as été parfaite. Monte rejoindre Alex, vous descendrez quand la musique commencera, O.K ?

Elle acquiesça et grimpa au grenier.

Je respirai longuement, puis saisis un paquet dont j'allai avoir besoin. Je me regardai une dernière fois dans le miroir du salon. Je ne me trouvais pas trop mal dans mon costume gris, ma chemise blanche, et à l'aise dans mes chaussures de ville. J'ajustai la rose qui se trouvai à ma boutonnière et fit mon entrée. Alors que je n'avais ressenti aucun stress pendant cette journée, tous ces regards qui convergèrent vers moi me rendirent légèrement nerveux. Ma sœur, qui fut la première à me voir, émit un sifflement d'admiration.

- Regardez tous qui arrive !

Jérôme, qui ne s'attendait pas à me voir là, fronça les sourcils.
- Il n'y a que moi qui ne comprends rien de ce qui se passe ici ? lança-t-il.
Personne ne lui répondit. Ma mère, s'avança dans ma direction.
- Alan, tu es très beau, vraiment, mais tu pourrais nous fournir quelques explications ?
Pour toute réponse, je lui tendis mon bras.
- Maman, voudrais-tu m'accompagner jusqu'à l'autel ?
Elle m'observa longuement, méfiante, puis arborant finalement un large sourire, elle ajouta :
- Avec joie, mon garçon.
Nous marchâmes jusqu'à Paul, sous les chuchotements du reste de l'assemblée. Arrivé à destination, je déchirai le colis que j'avais emmené avec moi et j'en sorti deux cadres, identiques. Le premier, contenait une photo de mon père, que je donnai à ma mère. L'autre cadre, qui lui contenait une photo des parents d'Alexandra fut placé à la droite de Frédérique. Je me plaçai ensuite de profil, de façon à voir tout le monde et souris à Paul, qui comprit qu'il était temps pour lui de commencer.
- Chers amis, dit-il en élevant la voix, tout d'abord, laissez-moi vous souhaiter la bienvenue. Vous ne le savez sans doute pas, mais nous sommes à l'endroit où Alexandra a passé une partie de son enfance. L'endroit n'appartient plus à sa famille, mais les nouveaux propriétaires ont accepté gentiment de nous prêter les lieux pour un évènement très spécial.
- Alex est ici ! s'exclama Samantha. Où est-elle ?
- Patientez encore un peu, dis-je. Paul ?
Il s'éclaircit la voix.
- Avant de commencer, j'aimerais qu'Emma et Jérôme

viennent à mes côtés.
Toujours sans comprendre, ils s'exécutèrent. Paul leur indiqua où se placer, puis leur donna un objet à chacun. Emma eu droit à un bouquet de fleurs, et Jérôme reçu une petit boite noire.
- Qu'est-ce que c'est ? s'étonna Jérôme.
Le visage d'Emma, qui fixait tour à tour la boite et son bouquet, s'éclaira soudainement.
- Ce sont les alliances, Jérôme ! Ils vont se marier ! s'écria-t-elle.
- Se marier ? Mais qui ?
- Vous ne comprenez pas ? dit-elle se tournant vers l'assistance, triomphante. Leurs invitations à nous rendre à une fête bidon, dans un lieu inconnu, bien habillés ? Alan en costume, toute cette mise en scène... Alan et Alexandra nous ont invités à leur mariage !
- Bien vu, lui accordai-je.
- Je savais bien que vous étiez louches tous les deux, lança-t-elle en pointant un doigt vengeur dans ma direction.
- Il faut croire que tu n'étais pas la seule, riais-je en jetant un regard vers ma mère.
- Depuis combien de temps vous jouez le jeu du couple séparé ? demanda ma sœur.
- A vrai dire, quand on a annoncé l'annulation de notre mariage le lendemain du baptême, c'était pour de vrai... Mais c'était uniquement dans le but de pouvoir prendre du temps pour nous et faire les choses à notre façon. En réalité, on s'était réconciliés la veille.
- Vous nous avez menés en bateau tout ce temps ?
- Nous plaidons coupable... Mais c'était nécessaire !
- Et vous avez organisé ça tout seul ? demanda Stéphane, mon beau-frère.

- Morganne était dans le coup. Paul, l'associé d'Alexandra et Frédérique, sa sœur, nous ont surpris ensemble chacun à leur tour et était donc dans la confidence. Heureusement pour nous, car seuls, on aurait eu du mal. Paul a eu l'idée du mariage surprise et Fred a convaincu le propriétaire de la maison de nous la laisser. Mais croyez-moi, le plus dur a été de vous cacher ça à tous ! On essayait de ne pas paraitre trop heureux, vu qu'on était censé être en pleine rupture…
- Dire que nous, on pensait que vous vous morfondiez et qu'on essayait de vous réconforter… Alors que vous alliez très bien ! râla Samantha.
- Oui, on tient d'ailleurs à vous remercier et à s'excuser. Vous avez tous était très présent… ça n'a pas été de tout repos d'éviter vos combines pour nous remettre ensemble ! Faire semblant de passer de folles soirées pour éviter vos faux rendez-vous… Alors qu'en réalité, nous étions ensemble !
- Ça, c'était une idée d'Emma, marmonna Jérôme.
- Oui, peut-être, protesta-t-elle, piquée au vif, mais il n'empêche que j'avais raison ! Ils sont faits l'un pour l'autre !
- Parfaitement, Emma, je ne peux qu'être d'accord avec toi. Maintenant, vous savez tout ! Emma et Jérôme, acceptez-vous toujours d'être nos témoins ?
- J'avais acheté une robe bien plus jolie pour l'événement, mais bon, il est hors de question que je refuse !
- Parfait ! Si vous êtes prêts, nous allons pouvoir démarrer !
Je fis signe à Frédérique, et elle lança une musique choisie par elle et sa sœur, et qui convenait à merveille. Morgane arriva ensuite, tenant à la main un panier en osier, rempli de fleurs, qu'elle jeta par terre sur son

passage. C'était une idée qu'elle avait vue dans un film, et elle avait tenu à faire de même. Puis, Alexandra apparut. Elle portait une robe courte et droite, qui se terminait au-dessus de ses genoux. Elle était de couleur claire, sans être vraiment blanche et était plus large et fluide au niveau de ses hanches. Les manches étaient en dentelle et son dos était dégagé. Elle portait des sandales à talons vertigineux – comme elle le souhaitait - et avait un bouquet de rose rouge orangé à la main. Pour finir, ses cheveux avait étaient bouclés et remontés en un chignon de côté. Alexandra avait cherché sa robe parfaite pendant des mois, sans jamais trouver son bonheur. Il y a deux semaines de cela, en terminant de ranger les dernières affaires de ses parents, elle et sa sœur étaient tombés sur une grande boite en carton, dans lequel se trouvaient plusieurs vêtements, dont cette robe, protégée dans un sachet plastique. Il y avait aussi une photo, représentant une jeune femme le jour de son mariage, vêtue de la dite robe. Une inscription au dos expliquait qu'elle avait appartenue à sa grand-mère. Quelques retouches plus tard, Alexandra avait pu l'utiliser.
Elle était parfaite. Au moment où je la vis, mon cœur s'emballa, et je sus pour de bon que c'était avec elle que je finirais mes jours. Je sais que c'est affreusement niais de dire ça, mais c'est réellement ce que j'ai ressenti à cet instant précis.
Elle récolta quelques sifflements admiratifs, et au son de la musique, elle s'avança vers moi.

***

Alexandra
22 octobre – 22 h 40

- Madame Kinel, accepteriez-vous de danser avec moi ?
- Avec plaisir, Monsieur Kinel.

Je saisis la main qu'Alan me tendait et il m'entraina sur la piste, aménagée dans la partie basse du jardin. Notre première danse de jeunes mariés se fit au son d'un vieux standard rétro qu'affectionnait le père d'Alan, et le temps de la chanson, j'eus l'impression que nous étions seuls au monde.
- Vous vous débrouillez très bien ! dis-je admirative tandis qu'il me faisait tourner. Je ne vous savais pas aussi doué. Avez-vous pris des cours ?
- Peut-être.

Il m'embrassa, puis me renversa. Sa mère, qui s'était rapprochée doucement de nous, applaudit.
- Mes chers enfants, si vous saviez comme je suis heureuse ! Alexandra, maintenant, vous ne pouvez plus nous échapper, vous êtes une vraie Kinel ! Bienvenue dans notre famille !
- Merci Lili, dis-je avant de la serrer dans mes bras.

Une autre musique démarra, et Paul tapa sur l'épaule de ma belle-mère.
- Madame, m'accompagneriez-vous ?
- Seulement si vous m'appelez Lili, jeune homme !

Souriant, il la fit tournoyer et elle éclata de rire.
- Je crois que ta mère en pince pour Paul, chuchotais-je à Alan.

Petit à petit, le reste des invités nous rejoignirent. Alan, plus détendu que jamais, avait desserré sa cravate et déboutonné sa chemise. J'avais quant à moi ôté mes chaussures et je me promenais maintenant pieds nus, passant entre mes invités. Le moment semblait parfait pour qu'Alan et moi leur offrions la dernière surprise de la journée. Je lui fis un signe, et m'éclipsais un instant. A mon retour, il s'était lancé dans un discours de remerciement et tout le monde l'écoutait attentivement. Je m'avançai à ses côtés, tenant mon bouquet de fleurs serré contre mon buste. J'avais également changé de tenue – je portais maintenant une version longue de ma robe de mariée, cependant beaucoup plus ajustée - mais les invités, absorbés par mon cher mari, ne le remarquèrent pas tout de suite. Parfait.
- ... heureux que vous soyez là, termina-t-il. Ma femme étant de retour parmi nous, je vais bientôt lui laisser la parole, car elle aimerait vous dire un petit mot. Mais j'aimerais avant faire une petite demande. Dans une semaine, nous allons célébrer notre mariage civil, à la mairie auquel vous êtes bien entendus tous conviés. Nous en profitons donc pour proposer officiellement à Emma et Jérôme de reprendre leur rôle de témoin à cette occasion, s'ils sont d'accord.
Les deux principaux intéressés acquiescèrent avec plaisir.
- Nous avons également le droit de choisir un deuxième témoin, reprit Alan. Frédérique a déjà accepté d'être celui d'Alexandra. De mon côté, je serais content si Paul voulait bien être le mien.
Paul, qui ne s'attendait absolument pas à ça, écarquilla les yeux, étonné.
- Paul, je peux compter sur toi ?
- Moi ? Mais... Pourquoi ?

- Sans toi, ce mariage n'aurait jamais eu lieu. Et il est probable que j'aurais continué à me conduire en idiot, et qu'Alexandra et moi n'en serions pas là aujourd'hui. C'est ma manière de te dire merci. Si tu es d'accord.
Paul, avança de quelques pas, sourit faiblement, puis tapa sur l'épaule d'Alan, avant de répondre :
- Bien sûr que je suis d'accord, vieux, et plutôt deux fois qu'une.
- Merci. Pour tout.
Il retourna à sa place, et se fut à mon tour de me lancer.
- Pour ma part, je voulais juste profiter de cet instant pour satisfaire une des envies de ma belle-mère pour ce mariage. Lili, la préparation de ce jour a été compliquée, et même si au final on s'est pas mal éloigné de ce qui avait été décidé en premier, j'espère quand même que vous n'avez pas été déçue. J'ai d'ailleurs tenu à passer une robe plus longue, comme vous le vouliez.
- Ce n'était pas nécessaire, Alexandra. Tout était parfait ! Vous avez un gout très sûr, et j'aurais dû vous écouter dès le début.
Elle me sourit avec bienveillance.
- Si vous me permettez, poursuivis-je, j'aimerais tout de même céder à la tradition du lancer de bouquet, mais dans une version un peu plus moderne. Que tout le monde, marié ou non, se place devant moi !
Samantha et Frédérique vinrent les premières. Lili, tirée par Morganne, s'installèrent à leurs côtés. Le reste du groupe en fit de même.
Je me retournai, et après avoir compté jusqu'à trois, jetai mon bouquet en arrière. J'entendis des cris et lorsque je me retournai, je vis Jérôme, tenant le bouquet dans ses mains, l'air ahuri. Il se tourna vers Emma, qui croisa les bras, les sourcils en l'air, et en cœur, ils s'exclamèrent :

- Hors de question de se marier !
Ils se toisèrent d'abord, avant d'éclater de rire. Pendant ce temps, Alan s'était glissé derrière moi et avait posé ses mains sur mon ventre.
- Tu crois qu'ils vont finir par s'apercevoir de quelque chose ? souffla-t-il à mon oreille.
- Attendons...
Absorbés par le jeté de bouquet, personne n'avait rien remarqué. Finalement, Stéphane, tournant la tête dans ma direction, fut le premier à voir ce que nous cherchions à leur montrer. Il ouvrit des yeux ronds, passant successivement son regard de mon visage à mon ventre, qui n'était maintenant plus caché par mon bouquet de mariée. Abasourdi, il bafouilla :
- Regardez Alexandra ! Elle est... Elle attend un...
Il n'arriva pas à achever sa phrase. Tout le monde me regardait à présent. Je vis Lili écraser une larme, Emma étouffer une exclamation de surprise, et Morganne, déjà au courant et toute excitée, sourire à pleine dents.
Mon mari resserra encore ses mains autour de mon ventre, arrondi, et conclu :
- Là, c'est bon, je crois qu'ils ont compris.